내 눈앞의
한 사람

일러두기

이 책은 『사랑바보』(문학동네, 2011)의 개정판입니다.

내 눈앞의 한 사람

오소희 에세이

북하우스

가장 큰 사랑과
가장 큰 절망이
동전의 양면임을 가르쳐준
정후에게

개정판 프롤로그

사랑은, 기나긴 훈련

이 책의 첫 원고를 썼을 때 나는 서른다섯이었다.
세상의 진귀한 사랑들이 나의 마음을 잡아 끌었다.
그것들을 찾아 나서는 데에 한 치의 망설임도 없었다.
단순히 사랑 이야기를 채집하고 싶어서가 아니었다.
나도 사랑을 잘하고 싶어서였다.

당시 나는 끝없이 퍼주는 어미의 사랑을 하고 있었고
남편은 머리끝부터 발끝까지 갈등의 대상이었다.
나는 사랑에 지쳐 있었다.
사랑을 좀 잘할 수만 있다면!

개정판 원고를 쓰는 지금 나는 마흔여덟이다.
세상의 진귀한 사랑을 찾아 떠나지는 않는다.
사랑을 잘하게 되었기 때문이냐고 묻는다면
멋쩍게도, 'Yes!'다.

그사이 남편이 바뀌지도,
새 연인이 생기지도 않았다.
설상가상으로
아이는 사랑을 줄래야 받지도 않는 고등학생이 되었다.

그런데 무슨 Yes?

거기에 답이 있다.

남편, 연인, 자식……
그런 대상이나 조건보다 더 중요했던 건
사랑을 잘하는 방법을 지속적으로 구하는 것이었고
그것을 내 사랑에 겸허히 적용하는 것이었다.

사랑을 배우는 것은
외국어를 공부하거나 수영을 배우는 것보다
조금도 특별하지 않았다.

구하고
적용하는
기나긴 훈련의 과정.

그것을 통해 나는 조금씩 더 낫게
사랑할 줄 아는 사람이 되었다.
이구아수 같은, 격렬하고 특별한 사랑을 찾아
바깥을 헤매던 걸음을 멈추고
샘물 같은, 담담하고 보편적인 사랑을
안에서부터 길어 올리고 있었다.

한 여행자가
사랑을 찾아 온 세상을 헤매다
자기 안의 사랑을 발견하는 일.

아이러니하지만 정코스였다.

그러므로 이 책의 부제는
'집요하게 사랑을 잘하고 싶었던 한 인간의
13년간에 걸친 세계 여행기'쯤 될 것이다.

13년 동안 변화한 사랑의 기준으로
몇몇 사랑 이야기는 골라냈고
몇몇 사랑 이야기는 추가되었다.

『사랑바보』라는 제목으로 사랑을 찾아다녔던 이 책이
『내 눈앞의 한 사람』이라는 개정판으로 거듭나며
좀 더 온전하게 사랑을 말할 수 있게 된 것에
저자로서 깊은 안도감을 느낀다.

미련하고 우직한 여정을
애정으로 함께 해주신 독자께 감사드린다.

초판 프롤로그

우리는 모두 사랑을 '잘' 하고픈 사람들

정직하게 돌아보면, 늘 사랑을 하거나 사랑을 받으려고 했다. 내 방식대로 사랑을 끌고 나가다 진흙탕 속에서 허우적대기도 했고, 꿀 먹은 벙어리가 되어 이끌려 가다 거리에 팽개쳐지기도 했다. 산타클로스처럼 헤프게 사랑을 나누어주었던 적도 있고, 심장을 꽁꽁 감춰놓고서 냉혈인간처럼 뻣뻣하게 굴었던 적도 있다. 마냥 어진 어미의 사랑도 해보았고, 할퀴고 물어뜯고도 '한 번 더' 돌아보는 부부의 사랑도 해보았다.

사랑은 번번이 깜짝 놀랄 만큼 새롭고 아름답다가도 이내 탄력을 잃고 지겨워졌다. 그런가 하면, 지진이 일어나고 폐허가 되어버린 마음의 지평 위에도 보송보송 솜털이 가득한 새싹을 틔웠다.

수많은 사랑과, 혹은 사랑에 흡사한 것들을 접하고 통과해왔건만, 애석하게도 나는 아직 그것을 마스터하지 못했다. 아마 앞으로도 그럴 것이다. 그럼에도 나의 위안은 나뿐 아니라 동시대의 모든 인류가 사랑을 마스터하지 못한 '사랑바보'라는 것이다. 적어도 내가 오대양 육대주를 헤매고 다니며 만난 사람들은 그러했다. 사랑 때문에 흔들렸고 사랑 때문에 아파하면서도 폐허 속에서 또다시 사랑을 시작했다.

나는 그들과 안데스의 장터에 주저앉아서, 혹은 메콩강에서 나무보트를 타고 가면서, 혹은 심해의 바닥처럼 푹 꺼진 어느 게스트하우스의 낡은 소파에 마주 드러누워서, '똑같이' 모자란 머리를 맞댄 채 시간 가는 줄 모르고 사랑에 대해 이야기하곤 했다. 장터와 나무보트와 푹 꺼진 소파 위에서도 가감 없이 이야기를 나눌 수 있었던 것은, 오대양 육대주의 우리가 모두 사랑을 '잘' 하고픈 사람들이기 때문이었다.

그 가운데에는 멀찍이서 바라보며 감탄만 한 사랑도 있었다. 본의 아니게 끼어들어 깨뜨린 사랑도 있었고, 부채질하다 못해 방까지 잡아준 사랑도 있었다. 그 어떤 경우이든지 간에, 사랑에 대한 이야기는 케이크의 장식처럼 맨 위에 환희가 놓여 있었다. 그리고 맨 아랫단에 침전물처럼 상처가 가라앉아 있었다.

이야기는 늘 케이크의 맨 윗단에서 시작해서 맨 아랫단에 이르러 집중적으로 길어졌다. 환희는 대충 돌보아도 알아서 잘 자라는 반면, 상처는 잘 돌볼 때만 썩지 않는 까닭이었다. 상처에 대한 이야기는, 놀랍게도, '발화發話'되는 것만으로도 언제나 회복에 대한 이야기가 되었다. 한 번의 상처와 한 번의 회복은 언제나 한 번의 성장이었다. 사랑하지 않는 자는 성장하지도 않는다.

그러니까, 사랑을 좀 잘 못해도 괜찮다. 지금 사랑 때문에 널브러져 있다고 해도 괜찮다. 도저히 회복 불가능할 정도로 만신창이가 되어 있다고 해도, 그래도 괜찮다. 정말 괜찮다. 오직 열심히 사랑하지 않는 것만이 잘못일 뿐이다.

차례

○

달랄의 마지막 말

•

사랑을 할 때, 우리는
표현과 억제 사이에서
갈팡질팡한다.

넘치게 표현하여
사랑에 실패하는 이가 있는가 하면
지나치게 감추어
실패하는 이가 있다.

반대로,
넘치게 표현하여
사랑을 쟁취하는 이가 있는가 하면
감추어 애타게 함으로써
사랑이 다가오게 하는 이도 있다.

어느 쪽이든,

'평균'을 넘어서는 순간부터

사랑은 모험이 된다.

그리고

모험의 대가는

평균보다 혹독하다.

요르단에서 만난 두 남녀는

매우 대조적이었다.

욕망의 양극단에 서서

한 명은 '억제'하는 사랑을 하고 있었고,

한 명은 '발산'하며 사랑을 기다리고 있었다.

요르단의 수도 암만을 방문한 것은 라마단 기간이었다. 널리 알려진 바와 같이, 한 달간의 라마단 기간 동안 무슬림들은 해 질 녘까지 물조차 마시지 않으며 금식한다. 학교는 문을 닫고 본격적인 경제활동은 잠시 중단된다. '낮'은 고요한 기도와 자아성찰의 시간이다. 그러나 해가 지고 나면 완전히 다른 풍경이 된다. 식당과 상점이 문을 열고 젊은이들이 거리로 쏟아져 나온다. 온 가족이 모여 이프타르본래는 '아침식사'라는 뜻. 라마단 중에는 하루의 단식을 마치고 하는 '첫 식사'를 의미를 먹는 것을 시작으로 새벽녘까지 각종 스위티부족한 칼로리를 보충하기 위한 달콤한 음식를 곁들이며 배를 불린다. 바야흐로, '밤'은 활기찬 접대와 교제의 시간이다.

그래서였을까? 낮 동안 아이와 함께 걸어 다니며 구경한 암만은 그다지 매력적인 도시가 아니었다. 교통 체증과 단조로운 풍경은 그렇다 치더라도, 도시다운 활력마저 찾아보기 힘들었다. 우리는 예정보다 빨리 암만을 벗어나 마다바로 향하기로 했다. 마다바는 구약에 '메드바'라는 이름으로 소개된 곳이었다. 현존하는 가장 오래된 성서 모자이크 지도가 남아 있어서 고고학적으로도 의미 있는 곳일 뿐 아니라, 근방에 모세가 가나안 땅을 바라보고 죽었다고 추정되는 느보 산이 있어 순례의 발길이 끊이지 않는 곳이기도 했다.

마다바로 향하는 미니버스에 올라탔을 때, 다섯 살 아들아이가 맨 뒷좌석으로 걸어가 자리를 잡았다. 아이는 무작정 자기 좋은 곳에 자리를 잡은 것이었지만, 가만히 둘러보니 우연히도 거기가 맞는 자리였다. 남자들은 앞쪽에, 아이와 여자들은 뒤쪽에, 각각 분리된 자리에 앉아 가고 있었던 것이다. 뒤이어 검은 차도르 차림의 아가씨와 어린 소년이 버스에 올라탔고 우리 옆자리에 앉았다.

버스가 달리기 시작했을 때 옆자리 소년에게 말을 걸었다.

"난 마다바로 가. 아들과 여행 중이지. 아들은 다섯 살이야. 넌 몇 살이니?"

질문이 계속 이어지자, 소년이 당황했다. 그리고 그때마다 소년 옆에 앉은 고운 아가씨가 조용히 대답을 거들어주었다. 차도르로 얼굴을 꽉 조여 맨 그녀는 어찌나 조신한지 고개조차 내 쪽으로 돌리지 않았다. 목소리도 거의 들리지 않아서 한참 뒤에야 그녀가 유창한 영어를 구사한다는 것을 눈치 챘을 정도였다.

내가 인사를 건네자, 그녀가 수줍게 미소 지었다. 우리는 소년을 사이에 두고 이야기를 시작했다. 그녀는 이름도 발랄한 달랄, 스무 살이었다. 2년제 대학을 거쳐 지금 대학원에 재학 중이라고 했다. 영어교육학을 전공하고 있고 졸업 후 선생님이 될 예정이라고도 했다. 나이에 비해 지적이고 섬세한 감성을 지닌 여성이라는 것을, 그녀의 크고 깊은 흑갈색 눈동자가 말해주고 있었다. 5분이나 지났을까? 서로에 대해 자잘한 정보를 공유한 뒤에, 우리는 금세 죽이 잘 맞는다는 것을 알아차렸다. 동시에 가운데 앉은 소년에게 말했다.

"너, 좀 저리로 가줄래?"

곁으로 온 달랄의 얼굴은 호기심으로 빛이 날 지경이었다. 어떻게 이토록 알고 싶은 것이 많은 스무 살 젊은이가 조금 전까지만 해도 고개조차 돌리지 않은 채 자신을 억제하고 있었던 것일까. 나는 무슬림 여성을 만나면 묻고 싶었던 것을 그녀에게 단도직입적으로 물어보았다.

"당신의 복장은 당신에게 어떤 의미가 있나요?"

"신을 향한 복종이에요. 요즘 암만의 무슬림 여성들 가운데 많은 이들이 저처럼 옷을 입지는 않아요. 그러면서도 여전히 자신들이 무슬림이며 신을 섬긴다고 말하죠. 그건 옳지 않습니다. 신께서는 여자들에게 이렇게 입을 것을 명하셨고, 이것이 가장 정확하게 신의 말씀을 따르는 것이니까요."

나는 차도르의 검은 천 사이로 살짝 빠져나온 달랄의 손을 바라보았다. 손마저 검은 장갑 속에 가려져 있었다.

"이제 겨우 스무 살인데, 예뻐지고 싶다거나 멋을 내고 싶다는 충동이 들지는 않나요?"

"이대로 충분히 만족해요. 신께서 제 안에 계시기 때문이죠. 제 안에 있는 아름다움이야말로 견줄 수 없는 아름다움이란 걸 알기 때문입니다."

"그렇다면 내면과 신의 말씀이 서로 상충할 때 당신은 어떻게 둘 사이를 조율하나요?"

"상충이라…… 그런 일은 아직까지 없었습니다. 저는 늘 신의 말씀에 귀 기울이려 애써왔고, 그 안에서 살기 위해 노력해왔으니까요."

놀랄 만큼 독실한 무슬림 아가씨였다.

"하지만 신께서는 당신에게 많은 것, 이미 세계의 다른 곳에서는 오래전부터 일반화되어 있는 것들조차 변함없이 금지하고 있지 않나요? 이를테면, 당신은 남자친구와 데이트를 해본 적도 없다면서요?"

"네, 없어요."

"설마 그런 것에 관심이 없는 것은 아니겠죠?"

"때가 되면…… 신께서 저를 좋은 사람에게 인도해주시리라 믿어요."

"그 사람과 결혼 전에 데이트를 할 수는 있나요?"

"네, 약혼을 한 다음에는 가능해요. 약혼을 하기 전에는 만나보거나 이야기를 해볼 기회가 없어요. 그를 알고 있는 집안 사람들을 통해 들을 뿐이죠."

"그럼, 약혼을 한 뒤에 마음에 들지 않으면 파혼이 가능한가요?"

"네, 파혼을 할 수도 있어요."

"계속 맘에 들지 않으면, 세 번이고 네 번이고 계속 파혼할 수 있나요?"

그녀가 웃음을 터뜨렸다.

"그럴 수도 있겠지만…… 그런 사람을 아직 본 적은 없어요."

"본 적 없다고요? 요르단 사람들은 대단한 인내심의 소유자들이군요!"

그녀가 또 웃음을 터뜨렸다.

농담처럼 그렇게 말하긴 했지만, 그들의 결혼제도가 불합리하게 생각되는 것만은 아니었다. 연애 기간이 얼마나 긴가 하는 것이 정말로 그렇게 중요한 문제일까? 의외로 쉽게 헤어지는 부부들 가운데에는 오랜 연애 기간을, 나아가 동거 기간을 거친 커플들이 많다. 시간에 비례해 서로를 더 많이 알 수 있다는 것은 우리의 오해에 불과하다. 인간은 죽는 순간까지 '나는 누구인가?'조차 제대로 알아낼 수 없는 존재이므로.

결혼이라는 의식 속에서 중요한 것은 배우자의 '타인 됨'을 순순히 인정하는 일이다. 그는 코를 심하게 고는 사람일 수도 있다. 편식을 하거나, 속옷을 아무 데나 벗어놓는 사람일 수도 있다. 화가 나면 소리를 지르는 사람일 수도 있고, 손님 앞에서 트림을 하는 사람일 수도 있다. 왜 코를 골고 트림을 하느냐고 따지면 싸움이 된다. 그의 있는 그대로를 받아들이는 것, 단점은 말없이 덮어주고

장점은 마구 사랑해주는 것, 실은 그렇게 간단한 것이 오랜 사랑의 비결이건만, 우리는 인정하는 대신 따지고 든다. 대체 너는 왜 그렇게 추하게 트림을 하니?

"그래요. 어쩌면 당신의 마음가짐이 현명한 건지도 모르겠어요."

그렇게 말문을 열고서, 나는 달랄에게 열아홉 살에 만난 남편과의 오랜 연애 기간과 이어진 결혼생활에 대해 간략하게 들려주었다.

"와, 그렇담 당신은 평생의 거의 절반가량을 한 사람과 보냈군요."

"그런 셈이죠. 그 긴 기간 동안 숱하게 다투고 화해하면서 얻은 교훈이 있다면 아마도 이것일 거예요. 사람들은 늘 '어떤 배우자를 만나게 될까'에 대해 고심하지만, 사실 중요한 것은 '상대방이 누구냐'의 문제가 아니라는 거죠. 오히려 '나는 어떻게 사랑하는 사람인가'가 훨씬 중요한 문제예요. 왜냐하면 내가 또 다른 누군가를 만난다고 해도, 같은 방식으로 사랑하려 들기 때문이죠. 우리는 사랑을 통해서 많은 걸 해결하려 들어요. 사랑이라는 하나의 수레 속에 성장 배경과, 상처와 기쁨에 대한 기억과, 미래에 대한 계획까지 한데 실어 나르려 해요. 그래서 사랑은 거울과도 같아지죠.

누군가 추한 사랑을 하고 있다면 그가 추한 사람이기 때문이에요. 복잡한 사랑을 하고 있다면 그가 엉켜 있는 사람이기 때문이죠. 그러니, 당신의 마음가짐…… 신께서 점지해주시는 사람에게 헌신할 준비가 되어 있는 그 마음이라면, 나는 당신이 그 누구와라도, 그 어떤 제도적 모순을 거친 뒤라도, 행복한 결혼생활을 할 수 있을 거라고 생각해요. 당신이 사랑하게 될 그 사람 또한 당신과 같은 마음가짐을 지니고 있길 바랄 뿐입니다."

이야기가 끝나자, 그녀가 한동안 지긋이 나를 응시했다. 버스가 공사장 주변을 지나면서 몹시 흔들렸고, 중빈이 "엄마, 불도저 좀 봐!"라고 외치는 것에도 전혀 동요되지 않으면서. 그러고 나서는 매우 천천히, 깊은 곳에서 오랫동안 잠겨 있던 것을 길어 올리듯 말문을 열었다.

"사실…… 저는…… 사랑하는 사람이 있어요. 10년 넘도록 지켜본 사람이에요. 혼자…… 하는 사랑이죠. 지금도 나는 그 사람을 매일 봐요. 그 사람이 웃는 것, 걸어가는 것, 이야기를 하는 것…… 일거수일투족을 지켜보면서, 매일매일 사랑을 키워요."

"세상에, 그 사람도 당신을 알고 있나요?"

"얼굴 정도는 알고 있을지도 몰라요. 하지만 이야기를 나눈 적은 없어요."

"당신이 마음을 표현한 적도 없겠군요."

"표현한 적 없어요. 그래서는 안 되죠. 그 사람이 먼저 다가온다면 모를까."

"그 사람에게는 여자친구가 있나요?"

"없는 것 같아요. 아니, 잘 모르겠어요."

"달랄, 얼마나 힘이 들었을까요? 그토록 오랜 시간 동안 안으로만 삭여야 했다니…… 잔인한 일이에요."

"그렇다 해도 할 수 없는 일이죠. 나는 견딜 수 있어요."

"만일 당신이 이렇게 지켜만 보는 동안에 그가 다른 여자를 선택한다면요?"

뭐든 망설임 없이 대답하던 그녀가 몇 초간 말문을 닫았다.

"…… 가슴 아픈 일이겠죠. 그래도 받아들일 수 있을 거예요. 그것이 신의 뜻이라면."

"그것이 신의 뜻이라고 확신하나요? 신이 당신을 사랑하는 것을 확신하듯이, 당신이 그를 사랑하는 것을 확신한다면, 어떻게 하루아침에 그 모든 것을 포기할 수 있다는 거죠?"

"나로서는 선택의 여지없이…… 그것이 신의 뜻이기 때문입니다."

"그렇지만……"

내가 다급하게 다음 말을 찾는 동안, 달랄의 사촌 동생들이 그녀를 재촉했다. 어느덧 내릴 곳에 이르렀던 것이다. 버스 기사가 큰 목소리로 '내릴 거냐, 말 거냐?'는 식의 퉁명스러운 질문을 했고, 그녀는 동생들과 함께 서둘러 자리에서 일어났다.

"지금 내리는 거예요? 이럴 수가…… 난 당신과 더 얘기를 나누고 싶어요!"

달랄이 출입문을 향해 몇 걸음 딛다 말고, 온통 검은 차도르로 가려진 늘씬한 몸을 뒤로 돌렸다.

"나도 마찬가지예요. 나도 너무나 이야기를 계속하고 싶어요. 하지만 어떻게 해요?"

설명하기는 어려웠지만, 그 안타까운 순간에 나는 어이없게도 그녀가 아름답다고 느꼈다. 뜻대로 되지 않으면 '우씨!' 하며 잡스러운 안의 것을 다 드러내는 나와 달리, 달랄에게서는 상황에 따라 쉽게 체념하며 감정의 부산물을 드러내지 않는 우아함이 몸에 배어 있었다. 검은 베일을 늘어뜨린 얼음공주와도 같은 아름다움과 차가움. 10년이 넘도록 열정을 억누르면서도 신에게 감사하는 사람에게서만 가능한 자태일까?

어느새 그녀가 사촌 동생들과 창밖에서 손을 흔들고 있었다. 버스가 다시 출발했다. 나 또한 곧 내려야 했으므로 가이드북에서 그날 묵을 곳의 위치를 살펴봐두어야만 했다. 그러나 갑작스레 대화가 중단된 것에 대한 안타까움과, 서로에게 한 마지막 말이 묘하게 여운을 남겨 아무것도 손에 잡히지 않았다.

달랄이 일어서기 전 나의 마지막 말은 "그렇지만……"이었다. 버스에서 내리기 전 그녀의 마지막 말은 "하지만 어떻게 해요?"였다. 생각해보면, 나는 늘 '그렇지만' 하고 살아왔다. 원하지 않는 것은 포기가 빨랐지만, 원하는 것은 '그렇지만' 하고 덤벼들었다. 더 많이 덤벼들었으니 눈물도 다툼도 더 많았을 것이다. 잡은 것들이 있었고 놓친 것들도 있었다. 둘 중 무엇이 더 많았는지는 알 수 없다. 중요한 것은, 와중에 소중한 한 가지를 얻었다는 것이다. 내일 죽어도, 다만 후회가 없다는 것.

그런데 달랄은 '하지만 어떻게 해요?'라고 묻고 있었다. 결국 신께서 자신을 옳은 길로 인도할 것이니, 기다리고 순종하는 것만이 자신의 할 일이라 믿고 있었다. 완전히 다르게 살아가는 것 같지만, 달랄 또한 나와 마찬가지로 수많은 눈물과 내적 다툼을 겪을 수밖에 없었을 것이다. 앞으로도 그러하겠지. 어떤 것은 잡고 어떤 것은 놓치면서. 그녀 또한 둘 중 무엇이 더 많았는지는 알 수 없으리라. 다만, 언젠가 그녀 역시 말하게 될까? 내일 죽어도, 이것은 신의 뜻이니 후회가 없다고.

그것은 우연이었는지도 모르겠다. 달랄과 헤어진 그날 밤, 나는 머물고 있던 마다바 여인숙에서 다음과 같은 코란 구절을 발견하고 한동안 못 박힌 듯 그 앞을 떠나지 못했다.

> 아무것도 너를 방해하지 못하리라.
> 아무것도 너를 두렵게 하지 못하리라.
> 모든 것은 곧 지나가버릴지니,
> 신만이 결코 변치 않으리라.

○
암만, 요르단

© cisco

○ 한밤에 문을 두드리다

•

함지는 달랄과
정반대였다.

보름 밤,
사막의 계곡 위에서
포효하는 늑대와 같이 당당했으며
열정에 막힘이 없고 감춤이 없었다.

다만,
이끄는 무리가
그의 곁에 머물지 않았으므로

그는 늘,
고독으로 굶주려 있었다.

주린 자는

허겁지겁 찾는다.

그리고

사랑의 정결한 손을

잡지 못한다.

요르단의 '다나 자연보호 구역'. 외국에 그다지 알려지지 않은 이 지역은 그야말로 요르단의 숨겨진 보석이다. 광대한 사암 계곡이 끝없이 펼쳐져 있고 다양한 생태계의 생물들이 계곡 곳곳에 숨어 있다. 다나에 도착했을 때, 나는 입을 쩍 벌렸다. 1,500미터에 육박하는 웅장한 절벽 위에 15세기부터 자리 잡은 돌집들이 소담스럽게 이방인을 맞이했던 것이다. 돌집 너머 어딘가에서 여우의 울음소리가 효과적인 배경음악처럼 울려 퍼졌다. 그 고풍스러운 마을의 가장 전망 좋은 자리에 우리가 찾는 게스트하우스가 있었다.

함지는 그곳에서 일하는 청년이었다. 처음부터 우리에게 친절했다. 아이가 방이 있느냐고 물었을 때에는 "세상에서 가장 좋은 방을 주지!" 하고 말했고, 정말로 가장 좋은 위치의 깨끗하고 아늑한 방으로 우리를 인도해주었다. 방의 가격을 물었을 때에는, 갑자기 작위를 받는 기사처럼 한쪽 무릎을 꿇고 앉으면서 "당신이 말하는 가격이 바로 이 방의 가격"이라고 했다. 실제로 내가 방의 가격을 말하자 그는 두말없이 고개를 끄덕였다. 그리고 그 자세 그대로 그윽하게 올려다보면서 이렇게 말해 나를 당혹스럽게 했다.

"당신은 이곳에서 원하는 모든 것을 얻을 수 있습니다."

첫날 오후, 방에 모기가 많아 함지에게 모기약이 있느냐고 물었다. 그는 몹시 미안해하면서 우리에게 잠시 산책을 다녀오라고 했다. 산책에서 돌아왔을 때는 이미 방 구석구석에 모기약이 뿌려져 있었다. 함지는 모기약 성분이 몸에 해로울 수 있다면서, 길고 가느다란 아로마 향까지 들고 와 예의 그 자세 그대로 무릎을 꿇고 바닥에 향을 꽂은 뒤 불을 붙였다. 그리고 다시 나를 올려다보며 말했다.

"원하는 것은 뭐든 말만 하세요. 나는 그 이상의 것을 당신에게 드릴 수 있습니다."

뿐만이 아니었다. 한밤중에 아이가 우유를 먹고 싶다고 하자, 그는 망설임 없이 다섯 살 아이에게 약속했다.

"좋아, JB! 내가 세상에서 제일 맛있는 우유를 만들어줄게!"

그러나 게스트하우스에 우유가 없는데, 첩첩산중 다나에서 어찌 한밤중에 우유를 구한단 말인가? 나는 그저 빈말이려니 생각하고 말았다. 그런데 잠시 후 그가 정말로 분유 가루를 구해왔다. 아마도 아기가 있는 마을의 몇몇 집을 방문해서 얻어온 모양이었다. 그는 따뜻하게 물을 데운 뒤 거기에 분유와 홍차와 꿀까지 넣어서, 약속한 것처럼 아이에게 세상에서 제일 맛있는 우유를 만들어주었다.

"아, 초콜릿 우유 같은 맛이 난다!"

아이는 따뜻한 유리컵을 두 손으로 꼭 붙잡고 아껴가며 한밤의 간식을 들이켰다.

중빈이 혼자 흙바닥 위에서 자동차를 굴리며 놀고 있는 것을 발견했을 때, 함지는 심지어 옆에서 따로 놀고 있는 동네 아이들을 나무라기까지 했다. 왜 중빈과 함께 놀지 않느냐는 것이었다. 이슬람권 아이들은 일찌감치 순종을 배운다. 개인의 욕구보다 규범과 규율이 우선시되는 환경 때문이다. 나로서는 아이들에게 미안한 노릇이었지만, 복종에 익숙한 아이들은 아무런 불평 없이 곧 함지가 시키는 대로 중빈에게로 와 함께 놀아주었다.

당연히, 아이는 함지를 좋아했다. 뭔가 필요한 것이 생길 때마다 개인 비서라도 되는 듯 "함지!"를 불러댔고, 멀리서 그가 걸어오는 게 보이면 전력질주로 달려가 두툼한 팔에 대롱대롱 매달렸다. 깔끔하고 서비스 좋은 그 게스트하우스는 항시 북적거렸고 함지는 쉴 새 없이 바빴지만, 한 번도 그런 아이를 귀찮아하지 않았다.

함지는 낮고 굵직한 목소리로 좌중이 자신의 말에 귀 기울이게 할 줄을 알았다. 접시를 나르는 순간에도 등을 곧게 펴고 확신에 찬 걸음을 걸었다. 무리를 이끌며 북을 연주할 때처럼, 모든 상황에서 한 걸음쯤 앞장서서 상대방과의 관계를 리드하고자 했다. 무엇이든 알아서 미리 정돈해놓았고, 만약 미처 생각지 못한 부분을 누군가 지적한다면 지적받은 것보다 두 배로 더 잘해놓음으로써 스스로 자긍심을 세워가는 사람이었다. 요컨대 전형적인 아랍 남성의 환대란 무엇인가를 몸소 보여주는 사람이었다.

그런 그가 한밤중에 방문을 두드렸다. 아이를 재우기 위해 책을 읽어주고 있을 때였다.

"뭐 하세요?"

"아이에게 책을 읽어주고 있어요."

"아이가 잠들면 테라스로 잠깐 올라오세요."

"왜요?"

"별이 아주 아름다워요."

그런 때가, 아이와 단둘이 여행할 때 아주 곤란한 경우였다. 아이가 이미 어떤 사람과 친밀한 관계를 맺고 있는데, 그가 내게 엉뚱한 요구를 해오는 순간. 나만 생각한다면 '쉽고 냉정하게' 거절할 수도 있겠지만, 아이와의 관계를 생각한다면 '어렵고 친절하게' 예의를 갖춰 거절해야만 한다.

"아…… 어쩌죠? 아직 할 일이 많이 남았는데요."

"이렇게 아름다운 밤에 무슨 일을 한다는 겁니까? 밤은 휴식을 위한 시간입니다."

"빨래도 해야 하고, 일기도 써야 하고……"

그가 더 들을 것도 없다는 듯 말을 확 낚아챘다.

"그러지 마세요. 당신은 여행 중이잖아요. 여유를 가지세요. 그 모든 것들을 내일로 미룬대도 하늘이 무너지지 않아요. 당신에겐 휴식이 필요해요."

"음…… 맞는 얘긴데요, 좀 피곤해서요. 정말이지, 혼자서…… 쉬고 싶어요."

함지는 끈질겼다. 그의 성격으로부터 미루어 짐작하건대, 아마도 그는 웬만한 논쟁에서 물러서본 적이 없었을 것이다.

"다시 생각해보세요. 당신은 지금 저 위에 얼마나 많은 별들이 떠 있는지 알지 못해요. 당신이 일상생활로 돌아간다면, 절대로 마주치지 못할 장면이죠. 왜 저 별들을 그냥 버려두나요? 단지 몇 걸음만 걸어 계단을 올라가면 되는데."

꽤 설득력이 있다. 나는 가까스로 궁여지책을 생각해냈다.

"미안해요, 정말 피곤해서. 아까 보니 젊고 예쁜 프랑스 아가씨들이 많이 왔던데, 그 아가씨들은 지금 뭘 하나요?"

그가 못 들은 척했다.

"당신이 올 때까지 위에서 기다리고 있겠어요."

"아니요, 기다리지 마세요. 분명히 갈 수 없을 거예요."

"기다리고 있겠어요."

다음 날 아침, 함지는 접시에 빵을 올리는 내게 "어젯밤 별들이 유난히 아름다웠으며, 당신이 그 별들을 보지 못한 것은 참으로 유감"이라고 말했다. 마침 중빈이 그의 이름을 부르며 뭔가 조잘대기 시작했기에, 나는 "그런가요?" 하고는 접시를 들고 식당에서 빠져나왔다.

그날 밤, 아이가 잠든 후에 그가 다시 문을 두드렸다.

"오늘은 피곤하다고 하지 마세요. 그렇게 약한 사람이 아니란 거

알아요."

그의 음성은 사뭇 공격적이었으며 눈빛은 깊었다.

"내일 떠난다면서요? 이별하기 전에 당신과 이야기를 하고 싶어요. 진작부터 이야기를 하고 싶었지만, 알다시피, 낮엔 내가 시간을 낼 수 없잖아요."

이별이 나로 하여금 두 번 생각하게 했다. 그와 이야기를 나누는 것은 어려운 일이 아니었다. 싫은 일도 아니었다. 그는 다른 요르단 남성들, 히잡을 두르지 않은 외국인 여성에게 성적인 편견을 지니고 있어 시시한 말로 집적거리거나, 민망한 눈길로 응시하는 그런 부류가 아니었다. 그 순간 나와 다른 생각을 하고 있었을 수는 있지만, 내가 그것을 거절할 때 그릇된 방식으로 관철하고자 할 사람은 더더욱 아니었다. 그는 자신에게 익숙한 방식으로 내게 호감을 표시하는 것뿐이었고, 나 또한 그에게 '그것이 내게 익숙한 방식이 아님'을 인내심 있게 일러줄 만큼의 호의가 있었다. 어쨌든 그날 밤 아이는 그가 만들어준 세상에서 가장 맛있는 우유를 마시고 새근새근 잠들어 있었고, 나도 한 번은 내 방식을 양보해 그동안 받았던 융숭한 대접에 감사를 표할 차례였다.

"그럼 테라스에서 잠깐만 이야기를 나누죠."

함지가 아이처럼 기뻐했다.

"베두인 커피를 먹어보셨나요? 내가 지금 만들어 가겠어요. 민트 잎을 넣으면 아주 독특한 맛이 난답니다."

베두인 커피의 맛은 기가 막혔다. 에스프레소 잔에 걸쭉하다 싶을 만큼 많은 양의 커피와 설탕이 들어가고, 그 위에 싱싱하고 향기로운 초록색 민트 잎이 띄워졌다. 허브와 진한 커피가 그토록 잘 어울리는지 미처 알지 못했다. 커피를 세계에 널리 퍼뜨린 아랍인다운 발상이라고나 할까.

함지는 멀찍이 떨어진 소파에 기대앉아, 두 팔을 벌려 등받이 위에 올려놓았다. 그의 자세는 매우 만족스럽고 여유로운 듯 보였지만, 얼굴만큼은 진지한 긴장이 엿보였다. 그가 다분히 강론적인 어조로 먼저 이야기를 꺼냈다.

"당신들, 도시인들은 너무 바쁘게 살아요. 당신들은 휴식을 모르죠. 다나에 와서도 힐끗 돌아보고 다음 날 바로 떠나버려요. 당신들은 일을 하고, 또 일을 하고, 또 일을 하죠. '언제 쉴 거야?' 하고 물으면 늘 '내일'이라고 말해요. 당신들은 마치 죽음을 피해 갈 수 있다고 생각하는 사람들 같아요. 휴식을 모른 채 늙죠. 그리고 '당연히' 죽습니다. 다나의 산들을 보셨죠? 그 산들은 우리가 죽고 난 뒤에도 여기 그대로 있을 겁니다. 하지만 도시인들은 그 영원성을 숭배하지 않아요. 분, 초만을 숭배하죠. 그래서 저 산을 '힐끗' 보고도 만족할 수 있는 겁니다. 당신들은 이곳에서 바쁜 자신을 내려놓아야 해요. 저 산을 오래 보아야 하죠. 신이 아닌 우리 인간의 생이 유한하다는 것을 깨달아야 해요. 인생을 즐겨야 해요. 기회가 왔을 때 잡아야 해요. 사랑할 수 있을 때 사랑해야 합니다."

와우! 얼마나 많은 '바쁘게 사는 비아랍권 여성' 여행자들이 이 광활한 다나에서 그의 강론에 매혹됐을까. 함지의 설說은 구구절절이 옳았다. 하지만 마지막 말의 비약 때문에 나는 방어해야 할 필요를 느꼈다.

"함지, 당신에게 사랑의 정의는 무엇인가요?"

"열정이죠."

"그것은 청춘의 사랑이에요. 당신이 결혼을 하고 가정을 이루면, 사랑은 좀 더 복잡해져요."

"어떻게요?"

"더 작지만 지속적인 행복을 위해서, 충동적인 욕망을 희생하는 거죠."

"왜 그래야 하죠?"

"인생이라는 집이 단선적인 욕망 위에 지어질 수 없다는 걸 알기 때문이에요. 욕망은 허약한 거예요. 그 시작을 제어하지 못하면,

끝도 허망하게 손에서 빠져나가버리죠. 순간적으로 욕망에 탐닉할 수는 있지만, 그것 자체로는 아무것도 이룰 수 없어요. 당신에게 소중한 것을 하나도 수호할 수가 없죠."

함지는 내가 만만한 스무 살 아가씨들과 다르다는 것에 적잖이 김이 빠진 것 같았다. 나르길레물담배를 가져오겠다며 잠시 자리를 비웠다. 전날처럼, 또 그 전날처럼, 변함없이 밤바람이 유난스러웠다. 식당의 유리창들이 어찌나 요란스레 덜컹거리는지, 유리로 만든 기차가 밤새 다나를 맴돌며 달리고 있는 것만 같았다.

나르길레를 가지고 돌아왔을 때, 함지는 그사이 다르게 공략할 방법을 연구한 듯했다.

"당신 남편도 당신과 같은 생각을 하나요? 당신이 이렇게 오래 집을 비울 때, 남편은 다른 생각을 하지 않을까요? 남자에게 욕망은 여자와는 또 의미가 다를 텐데요."

"그래요. 정도의 차이는 있겠죠. 다행히 남편은 철없는 욕망에 지배를 받는 사람은 아니에요. 당신도 당신에게 정말 소중한 것이 생기면 알게 될 거예요. 욕망을 허허벌판 위에 풀어놓으면 도저히 갈피를 잡을 수 없어 헤매게 되지만, 일단 소중한 것으로 집을 지은 뒤 그 안에 넣으면 욕망도 그 집의 질서를 따르게 된다는 걸요.

욕망을 억제하는 것이 생각처럼 그렇게 어렵지만은 않은 일이 되는 거죠."

함지는 긍정도 부정도 하지 않은 채, 조용히 새로 달구어진 숯을 나르길레 위에 올리고 튜브를 내게 건넸다. 길게 튜브를 빨자 튜브 저 밑에서 보글보글 물 끓어오르는 소리가 잔잔했다. 사과향의 구름을 한 입 베어 무는 느낌이었다.

함지는 스물여덟 살이었다. 대부분의 요르단 남성들은 이미 그 나이에 여러 아이를 둔 가장이 되었다. 함지 또한 그러한 사회적 굴레에서 크게 자유로울 수 없었을 것이다. 능통한 영어와 불어로 외국인을 상대하면서 무슬림적인 가치와 무관한 듯 행동을 할 수는 있겠지만, 언제까지나 이국의 여성들 앞에서 이국적인 설을 풀면서 그 대가로 얻은 향락을 삶의 중심에 놓을 수는 없을 터였다. 그러기에는 그가 너무 지적이며, 드높은 자긍심을 소유하고 있는 까닭이었다.

"함지, 당신에게 소중한 건 뭔가요?"

"글쎄요…… 잘 모르겠어요. 어쨌든 나는 가능하다면 결혼 같은 건 하고 싶지 않아요. 누구에게도 구속되고 싶지 않거든요. 결혼을 하려 해도, 여기선 일단 돈을 많이 벌어 집부터 사야 해요. 그러고 나면 결혼에 대해 생각해볼 수도 있겠죠."

함지는 마치 밀린 숙제를 언급하듯 결혼에 대해 이야기했다. 요르단의 여성들만큼이나 남성들 또한 결혼이나 가정과 같은 전통적 가치에 짓눌려 있기 때문이었다. 한 성性이 억압받을 때, 그 나머지 성이 자유롭기를 기대하는 것은 불가능하니까.

버스 터미널에서나, 시장통에서나, 요르단 어디를 가든지 마주칠 수 있었다. 남루한 행색의 비쩍 마른 가장의 모습들을. 그들 곁에는 성인이지만 여전히 삶의 주체가 되지 못한 아내라는 존재가 무거운 검은 가방처럼 얼굴을 가린 채 매달려 있었고, 그 아내에게는 적어도 서너 명의 어린아이들이 또 뒤엉키듯 매달려 있었다. 성별에 따라 삶의 공간을 양분하는 것은, 전통 사회에서라면 합리적인 분할이었을 것이다. 그러나 지금 그것은 양성 모두를 명백히 힘들게 하고 있었다. 한 손으로 히잡을 잡고 다른 한 손으로 세 명의 아이를 거느려야 하는 여성들도 힘든 노릇이겠지만, 다양한 상품 리스트가 낱낱이 공개되고 더불어 물질에 대한 간절함이 커져만 가는 현대 사회에서 대식구를 홀로 먹여 살려야 하는 남성의 비애 또한 만만치 않으리라. 그럼에도 불구하고, '자식은 많을수록 좋다'는 생각이 아직까지도 요르단에서는 지배적이다. 한 가정당 두 명의 자녀를 두도록 출산을 제한하는 정부의 시책은 그다지 효과를 보지 못하고 있다. 도심에서 멀어질수록 한 가정 내에 열 명 가까운 자녀를 두는 것은 흔한 일이다. 여전히 일부다처제를 고수하는 베두인 마을에 가면 한 아버지 밑에 서른 명에 이르는 자녀를 둔 가정도 심심찮게 볼 수 있다.

함지는 요르단에서 집을 사는 것은 쉽지 않은 일이라면서 한국의 상황은 어떤지 물었다. 나는 한숨부터 쉬었다. 부동산처럼 한국의 현재를 적나라하게 설명해주는 현상이 또 있을까? 나는 함지에게 전세의 개념을 설명해주었지만, 외국인들은 그 개념을 쉽게 이해하지 못한다. 그들은 전세금이 너무 큰 데 한 번 놀라고, 그 큰 전세금을 고스란히 돌려준다는 데에 한 번 더 놀라며, 그럼에도 불구하고 전세살이가 끝나지 않고 부익부 빈익빈 현상이 계속된다는 것에 마지막으로 놀란다.

남성이 혼전에 집을 마련해야 하는 것은 요르단이나 한국이나 비슷했다. 집과 사랑 그리고 결혼에 대해 두 나라의 시시콜콜한 정보를 교환하는 동안, 함지는 많이 가라앉았다. 긴장하지도 공격적이지도 않은 채로 담담하게 나를 바라보았다.

"정말 쌀쌀한 밤이군요."

중얼거리며 차가운 바람 속으로 사라지더니, 이내 담요를 가지고 돌아왔다. 담요를 내게 건네면서 그는 짓궂고도 정감 어린 목소리로 말했다.

"내가 잘 때 덮는 담요예요."

그 밤, 함지에게는 '사랑과 결혼'에 대한 여성과의 대화가 쉽지 않았을 것이다. 하지만 그는 잘해내고 있었다. 더 이상 어설프게 상대방의 마음을 사로잡으려 하지 않았고, 고독한 밤 누군가와 차분히 마주하고 있다는 사실로부터 적으나마 위안을 얻는 듯했다.

맑아진 그의 얼굴을 보니 한편 딱한 마음도 들었다. 처음부터 그가 하룻밤 연애를 유일한 낙으로 삼지는 않았을 것이다. 순정을 다치기도 했을 것이고, 스스로 방어할 필요를 느끼기도 했을 것이다. 다나에서 그는 다양한 외국 문물을 배우고 접하지만, 그것을 전해준 사람들은 결코 오래 머물지 않는다. 더구나 다나의 척박한 환경은 새로 배운 문물로부터 그를 소외시킬 뿐이다. 그는 자신을 받아들이지 않는 두 개의 준거집단 사이에서 어정쩡하게 서성이면서, 가장 손쉬우면서도 강렬하게 그 둘을 소유하는 방법을 깨달았을 것이다. 그것이 비록 하룻밤 열정에 지나지 않을지라도.

나 또한 다음 날 그곳을 떠날 예정이었기에, 순수한 연민을 담아 그에게 전했다.

"함지. 내가 당신에게 '소중한 것'에 대해 물었을 때 당신은 결혼을 '하기 싫다'고 했죠? 결혼의 중압감을 생각한다면 충분히 이해가 가는 일이에요. 하지만 '소중한 것'과 '하기 싫은 것'은 분명 달라요. 흔히 현실의 여건에 만족하지 못할 때, 사람들은 '하기 싫은 것'에 대해서만 생각하고 그대로 자포자기해버리는 경향이 있어요. 부정은 언제나 긍정보다 쉬우니까, 그냥 불평분자로 남게 되는 거죠. 하지만 불평분자는 결코 행복하지 못해요. 우리는 '소중한 것'을 찾아 성취했을 때에만 행복을 느끼는 존재들이니까요."

함지가 눈을 내리깔았다.

"그런데…… 난…… 나에게 뭐가 소중한지 아직 모르겠어요."

"소중한 걸 찾는 건 쉬운 일이 아니죠. 나도 그랬어요. 당신 나이 때. 소중한 건 뭔지 잘 모르겠는데, 그저 싫은 것투성이였죠."

"정말요?"

"그럼요. 아직도 싫은 것투성이예요. 예전보다 나아진 것은 싫은 것들 사이로 소중한 것 한두 개가 확실히 자리를 잡았다는 것뿐. 그래서 그걸 중심으로 나머지를 찾아내기 위해 더 열심히 뛰고 있는 거예요. 내가 라마단 기간에 이곳으로 와서 당신들이 사는 모습에서 삶의 지혜를 구하는 것도 그 일환이죠."

함지가 살짝 미소 지었다.

"하기 싫은 것을 깊이 들여다보면 하고 싶은 것을 알게 되기도 해요. 성숙한 부정은 반드시 긍정으로 가기 위한 디딤돌이 되어주니까요. 계속 노력해서, 당신이 긍정할 수 있는 '소중한 것'을 찾게 되길 바랄게요. 당신은 현명한 사람이니까, 그때엔 아마 사랑에 대한 정의도 바뀌게 되겠죠."

돌이켜보면, 나의 사랑에 대한 정의도 시간과 더불어 무수히 바뀌어왔다. 지금 알고 있는 이것이 최종적인 진실인 듯 믿고 있지만, 아마 앞으로 또 바뀔 것이다. 그것도 나쁘지 않다. 틀렸음을 깨닫는 것은 성숙해가고 있다는 증거니까. 우리는 모두 진화를 거듭하는 불완전한 존재들이니까.

함지가 무겁게 고개를 끄덕였다. 무슨 말인가 하려다 말고 잠시 망설이더니, 차마 나를 바라보지 못하고 부끄러운 듯 벽을 응시했다.

"이곳에서 나는…… 때때로…… 외롭답니다."

그의 목소리는 한결 정직해져 있었다. 나는 고개를 끄덕였다.

"그래요. 그럴 것 같아요."

누가 그를 비난할 수 있을까. 황량한 계곡의 바위와 바람 사이에서 청춘을 보내고 있는 그를. 미친 듯이 바람이 춤을 추는 밤이면,

그가 모든 여성 투숙객들의 방문을 두드린다고 해도 말이다. 그는 이제껏 열정적으로 고수했던 남성다움과 카리스마를 다 내려놓았다. 그리고 한 번도 들어본 적 없는 지치고 섬약한 목소리로 말을 이었다.

"이곳에서의 삶은 쉽지 않아요…… 정말…… 정말…… 쉽지 않아요……"

그 순간, 공감만이 그를 위해 해줄 수 있는 내 유일한 역할이었다. 내가 그곳에서 그의 극진한 환대 가운데 삶의 무게를 조금이나마 덜어놓을 수 있었듯이, 힘겹게 털어놓는 고백의 무게만큼 그의 무거움이 줄어들 수 있기를 바라면서. 나는 마음으로부터 부드럽게 토닥거리며 말했다.

"이해해요. 당신을 이해합니다……"

유리로 만든 기차가 계곡 사이를 또 요란하게 달려 나갔다.

© Marco Di Fabio

○

나는 소중한 사람이로군요

•

나를 사랑하지 않고도
타인을 사랑할 수 있을까?
있다.

실제로 우리 가운데 많은 이들이 그렇게 한다.
그래서 우리 가운데 많은 이들이 사랑에 실패한다.

비바람이 부는 거리에 나를 버려두고서
따뜻한 방 안에 사랑하는 이를 모셔두는 사랑은
금방 지친다. 먼저 나를 아낄 줄 알아야 한다.

비단 연인과의 관계뿐만이 아니다.
세상이 내 안의 함성을 듣지 못하도록
바쁜 생활을 강요한다면,
그 대가로 돈과 승진과 그럴듯한 안정을 제공받고
점차 나 자신과 멀어진다면,

어느 날 발견하게 된다.
돌봄을 받지 못해 머리가 헝클어진 '당신'이라는 아이가
당신의 '안정적인' 집 안에 낡은 옷을 입은 채
유령처럼 떠돌고 있는 것을.

유령은 사랑을 하지 못한다.

그러므로 나를 사랑한다는 것은
나에게 살아 있는 영혼을 불어넣는 일이다.
타인을 향한 건강한 사랑은
건강한 자기애로부터 시작된다.

필리핀에서 만난 마고는
걸음마를 배우는 아기처럼
비틀비틀 자기애를 향한
첫발을 내딛고 있었다.

"둘이 꼭 오래된 친구처럼 이야기하네! 오늘 처음 만난 거 맞아?"

아홉 살 아들이 그렇게 말했을 때, 그녀와 나는 깔깔 웃었다. 그 순간, 우리도 같은 생각을 하고 있었기 때문이었다. 시원스레 웃는 그녀의 얼굴은 해변의 태양에 그을려 주근깨가 가득했고, 짭조름한 바닷물에 젖은 다갈색 머리는 질끈 묶여 목 뒤에서 대충 늘어졌다.

마고는 서른한 살. 토론토에서 온 캐나다인이었다. 그녀를 만난 것은 필리핀의 작은 어촌 포트바턴. 참치를 잡으러 가는 어부의 낚싯배에서였다. 그 보트에는 우리 말고도 마을 사람 셋이 더 타고 있었다. 마고는 두 달째 포트바턴에 머물고 있는 중이어서, '준 주민' 자격으로 어부의 아침 낚시에 따라나설 수 있었다. 중빈과 나로 말하자면, 그 마을을 열렬히 사랑하여 벌써 네 번째 방문이었고 어부와는 전부터 알고 지내던 터였다. 그가 아주 조그맣고 허름한 보트를 가지고 있었을 때에도, 비바람이 몰아쳤을 때에도, 중빈은 어부와 그의 여섯째 아들 타이슨과 함께 낚시를 떠나곤 했다. 하여, 그가 성실히 일한 결과물로 큰 보트를 장만한 것을 알았을 때 우리는 뛸 듯이 기뻤다. 그리고 내친김에 그의 새 보트에 올라탔던 것이다.

"난 세계 일주를 떠났어!"

마고가 말문을 열었다. 그렇게 말할 수 있는 순간을 오랫동안 기다려왔다는 듯이.

"집도 팔고 휴대폰도 팔았어. 스튜디오도 정리했어. 난 포토그래퍼였거든."

보트의 모터 소리가 요란했다. 우리는 아랑곳하지 않고 클럽에서 만난 남녀처럼 고래고래 목청을 돋워 이야기를 이어나갔다.

"죽어라고 일했어. 사업도 괜찮게 되었고. 웨딩 사진을 찍었어. 아침부터 밤까지 엄청 바빴지. 캐나다는 그래. 사업하려 들면 아이템은 많아. 다만 혹독하게 몸 바쳐 일해야 하지."

"한국이랑 비슷한데? 일은 좋아했어?"

"응."

"왜 그만두었어?"

"그게…… 좀 설명하기 어려운데…… 감정적인 거야. 뭔가 동의할 수 없는 부분이 있었어. 내 인생에 대해서. 억울함 같은 거라고 해야 할까? 언제까지 이렇게만 살아야 한다고 생각하면 말이야. 어느 날 과감하게 정리하고 곧장 여기로 왔어."

"'여기'는 필리핀을 말하는 거야?"

"아니, 바로 여기. 포트바턴."

"세계 일주를 시작해서 포트바턴으로 곧장 왔다고?"

"응!"

"그리고 이 시골에서 두 달 넘게 줄곧 있었다고?"

"응!"

우리는 또 깔깔 웃었다.

포트바턴은, 말하자면, 세계 일주의 마지막 지점으로 좋은 장소였다. 두루두루 크고 멋진 것들을 본 뒤에 '아무것도 없는 고요'에 조용히 몸을 뉘고 싶을 때 말이다. 그곳에 도착하려면 수도 마닐라에서 다시 국내선을 타고 팔라완의 푸에르토프린세사라는 곳까지 가야 했다. 거기서 로하스까지 세 시간 버스를 탄 뒤에도, 지프니라는 지독하게 드르렁대는 트럭을 타고 정글 속 비포장도로로 또 한 시간 반이었다.

어렵사리 도착한다 해도 막상 별것 없는 곳이었다. 아직 관광의 손길에 훼손되지 않은 조그만 어촌의 적요가 있고, 코코넛 열매가 떨어질 때마다 파삭, 그 적요가 깨어질 뿐이었으니. 필리핀을 자주 방문하는 사람들 가운데서도 포트바턴을 아는 사람은 많지 않았다. 그런데 그녀는 세계를 구경하겠다고 집을 떠나서 마닐라도 패스하고, 푸에르토프린세사도 패스하고, 남들이 다 패스하는 포트바턴에 곧바로 둥지를 튼 것이다.

"마고, 넌 둘 중 하나야. 천재 여행자이거나, 바보 여행자이거나."

마고가 천진난만하게 웃었다.

때때로 중빈과 어부들이 참치를 낚아 올릴 때마다 우리는 추임새처럼 박수를 치거나 환호를 넣으며 이 시대의 '일과 휴식'에 대해 자유롭게 이야기를 이어나갔다.

"자본주의 시스템은 절대 우릴 알아서 놓아주지 않아. 비명을 지를 때까지 부려먹지. 그리고 우리가 비명을 지르면 '그래? 그럼

넌 나가!' 하고 발로 뻥 차버려. 그러니 이 탐욕스러운 시스템 내에선 두 가지 선택만 가능해. 껍질만 남을 때까지 알맹이를 빼앗기거나, 알맹이가 남아 있을 때 탈퇴하고 아웃사이더가 되거나."

"그래서 나도 아웃사이더가 된 거야. 집도 없고 휴대폰도 없는 헝그리 아웃사이더. 너도 아웃사이더가 된 적 있니?"

"20대의 마지막 3년을 고스란히 백수로 보냈어. 우린 교육제도가 많이 뒤틀려 있어서 학교에서 자신을 알아갈 기회가 없어. 오히려 교육이 그런 기회를 박탈하지. 만약 자아탐구라도 할라 치면, 부모나 교사들이 이렇게 나무라. '시험공부나 하지? 쓸데없는 생각 말고!' 나는 뒤늦게 백수 기간 동안, 실컷 자신에 대해 알아내고 인정할 기회를 가질 수 있었어. 내가 무얼 잘하는 사람인지. 무얼 원하는 사람인지. 어떻게 살아가고 싶은 건지. 회사를 그만둘 때, 나도 억울한 기분이었거든. 사회가 강권하는 대로 살아왔지만, 그 끝에 결국 내가 원하는 삶이 없었으니까."

"시선이 따갑진 않았어?"

"따가웠지. 처음 한동안은 부모님께 회사 그만두었단 말을 못하고 출근 시간에 집을 나섰을 정도니까."

"출근해서 어딜 갔어?"

"진짜로 출근하는 친구 자취방에."

마고가 목을 젖히고 웃었다.

"언제 그만두었다고 말씀드렸는데?"

"한 달쯤 후에. 어쩔 수 없었어. 그 친구 자취방에 남자친구가 들어와 살기 시작했거든."

마고가 다시 목을 젖히고 웃었다.

"그렇게 베이비 스텝으로 새로 배웠어. 미래에 대한 두려움 없이 내면에 귀 기울이는 법을. 지금 생각해보면, 그건 자신을 사랑하는 법을 배우는 것과 마찬가지였어. 사랑하는 사람은 강한 사람이야. 백수 시절 동안 나는 많이 강해졌어. 살면서 가장 잘했던 일 가운데 하나가 '아니다' 싶을 때 완전히 멈추고 충분히 긴 시간을 백수로 지냈던 그것 같아."

"실은 나…… 지금 굉장히 낯설어. 이곳에서의 백수 생활이. 난 아주 게으르게 일어나. 게으르게 먹고 게으르게 산책해. 밤에 달을 바라볼 때는 내일이 오지 않을 것처럼 바라봐. 모래를 밟을 때에도 처음 밟는 것처럼 밟아. 발가락 사이에 모래가 스며드는 걸 가만가만 몇 시간이고 느껴본 적도 있어. 생각해보니까 어른이 되고 나서 한 번도 달을 제대로 바라보지 않았더라. 바닷가에 와도 뭔가에 쫓기듯 바쁘게 떠났었고……"

그래그래. 우리는 진짜 체험을 그만둔 지 오래되었지. 터치패드 앞에서 간접체험에 만족하며 겅중겅중 살아.

마고가 생각난 듯 물었다.

"그런데 조금씩 일하고 덜 버는 게 가능할까?"

"글쎄…… 덴마크 같은 북유럽 친구들과 얘기해보면, 주당 40시간 미만으로 일하는 경우가 보편화되어 있더라. 비정규직을 국가 차원에서 흡수해서, 임금 등 부족한 부분을 세금으로 채워주는 거야. 복지와 사회주의가 결합한 거지. 하지만 그 나라들은 사회나 경제면에서 가장 잘사는 나라 중 하나야. 분배에 대해 국민적 합의를 끌어낼 힘이 구조적으로 충분하다는 얘기지. 옆에서 굶는 사람이 있어도 나 하나만 잘살면 되는 나라에선 아직 어려워. 돈만이 신앙이고 목표가 되니까."

"자본주의는 어디까지 달릴 거라고 생각해?"

"나도 그게 궁금해. 천 명의 아이들을 살릴 수 있는 돈으로 명품백을 사서 곧 질려버리는 일 같은 거, 그리고 그런 소비 행위를 하는 사람들이 대체로 굉장히 지적이고 교양 있는 사람들이라는 거, 진짜 무섭지 않니?"

"맞아. 그럼에도 불구하고 한 가지 정말 분명한 게 있어."

"뭔데?"

"사람들은 '절대' 쇼핑을 멈추지 않을 거라는 거!"

보트가 높이 물을 튀겨 우리를 흠뻑 적시곤 했다. 그때마다 우리는 깜짝 놀라며 얼마나 깊숙이 대화에 빠져 있는가를 깨달았다. 마고와는 생각의 방향뿐 아니라 소소한 어휘의 선택마저 시원스레 잘 맞았다. 목덜미 부분이 심하게 늘어진 그녀의 셔츠를 보며 나는 미소 지었다. 꾸밈없는 여자를 만난다는 것은, 특히 그녀가 문명의 모든 혜택을 벗고 선택적으로 꾸밈없는 모습을 하고 자연 속에 들어앉아 있을 때, 매우 신선하게 다가온다.

내내 피부를 달궜던 태양이 옅은 오렌지 빛으로 누그러지기 시작했다. 이제 두 여자는 참치 같은 것엔 관심이 없었다. 마고가 보트 난간 뒤로 드러눕듯 상체를 기울였다. 눈을 감은 그녀의 얼굴 또한 오렌지 빛이 되었다. 마고는 시종일관 아무 곳에도 속하지 않은 여행자의 자유를 온몸으로 표현해 보여주는 듯했다. 거침없이 말했고 거침없이 웃었다. 거구였지만, 내게는 그녀가 마치 물고기처럼 자유롭게 헤엄치는 필리핀 바닷가의 어린아이처럼 가벼워 보였다.

마고를 다시 만난 건 그로부터 며칠 뒤였다. 그동안 아이와 나는 조그만 섬에 머물다 포트바턴으로 막 돌아온 참이었다. 마고는 다시 고깃배를 얻어 타고 바다에 나가려 하고 있었다. 이번에는 동네에서 만난 외국인 친구들과 함께.

"마고! 오랜만이야! 또 낚시 가는구나."

"응. 밤낚시를 하고 내일 오전에 돌아올 거야. 어디서 오는 길이야?"

"전에 말했던 섬에서. 그런데 아쉽다. 내일 온다면 이게 마지막이 되겠네. 우리는 내일 아침 첫 지프니를 타고 떠나야 하거든."

"정말……? 그럼 어쩌지? 소희, 네게 꼭 할 말이 있는데……"

"무슨 일 있었어?"

"아니야. 일이 있었던 건 아닌데, 어디서부터 어떻게 이야기해야 할지……"

갑자기 마고의 눈에서 여름날 소나기처럼 눈물이 쏟아졌다. 후드득 소리가 날 듯 굵직한 눈물이었다. 그녀가 몹시 당황하면서 눈물을 훔쳤다.

"아…… 난 이렇게 우는 사람이 아닌데…… 평소에…… 그러니까 캐나다에선…… 아주 강한 사람인데…… 힘든 일들도…… 울지 않고 잘 버텨냈는데……"

"알아, 마고. 널 보면 알 수 있어. 얼마나 강한 사람인지. 그러니까 괜찮아. 우는 건 좋은 거야. 울지 않는 것보다 훨씬 좋은 거야."

바닷가에서 한 걸음 들어앉은 바위 계단으로 그녀를 이끌었다.

야자수 그늘이 드리운 곳이었다.

"자, 일단 여기 앉아봐. 그리고……"

나란히 앉아서 그녀가 준비될 때를 기다렸다. 마고는 여전히 눈물을 떨어뜨리며 젖은 한숨을 쉬었다. 누구의 한숨이든, 젖은 한숨에선 같은 냄새가 난다. 비에 젖고 또 젖어 일어설 수가 없는 여린 풀잎 냄새.

"뭘 해야 할지 모르겠어. 난 여길 좋아했고…… 지금도 좋아하지만…… 이렇게 계속 있을 수는 없잖아. 어부가 될 것도 아닌데 매일 낚시만 따라나설 수도 없고……"

마고의 커다란 어깨가 묵직하게 내려앉았다. 그녀는 더 이상 물고기처럼 가벼운 필리핀의 조그만 어린이가 아니었다. '불확실한 미래'라는, 여행자의 가장 확실한 독이자 슬럼프에 빠져 있었다.

"산책도 실컷 했어. 아마 이 해변을 천 번은 걸었을 거야…… 도대체 내가 여기서 찾는 게 뭘까?"

마고가 손바닥으로 발간 눈을 훔쳤다. 눈물로 젖은 그녀의 손 위에 내 손을 얹었다.

"마고, 내가 섬에 다녀왔다고 했지?"

그녀가 어미 잃은 아기 고양이 같은 눈으로 고개를 끄덕했다.

"거기서 무슨 일이 있었는 줄 알아?"

눈물에 씻겨 말개진 얼굴이 나를 또렷이 쳐다보고 있었다.

"그 섬에 가기 전에, 그러니까 필리핀으로 오기 전에 말이지……"

…… 나는 1년간 한 가지 일에 전심전력을 다해 매달려 있었어. 그 일을 하는 동안, 알잖아? 다른 일들이 곁가지를 치며 '나도 돌보아 달라!'고 아우성쳤지. 하지만 나는 그 일 때문에 곁가지들에 소홀했어. 1년이 지난 뒤, 그 일은 스스로의 한계를 깨닫는 선에서 끝나버렸어. 낙담하지 않을 수 없었지. 게다가 곁가지들이 1년이라는 시간의 방에 마구 구멍을 냈다는 것을 알았어. 제대로 돌보지 않은 결과였지. 나는 생쥐가 먹다 버린 치즈 같은 기분으로, 온몸에 구멍이 뚫린 채 이곳에 왔어. 널 처음 만났을 때 내색은 안 했지만 난 그런 상태였어. 그리고 그 섬에 갔지. 실은 아무도 없는 곳으로 도망친 거야.

너도 알다시피, 지금은 5월이잖아. 더위에 익숙한 필리핀 사람들조차 방학을 하고 휴가를 낸다는 이곳의 '진짜' 여름이지. 낮이면 섬의 기온은 40도를 훌쩍 넘었어. 혹독한 더위 때문에 섬을 찾은 손님은 우리뿐이었지. 나와 중빈 그리고 타이손. 타이손은 지난번 우리와 참치잡이를 나갔던 어부의 아들이야. 우리가 여기 올 때마다 함께 시간을 보내는 중빈의 친구지. 아이들은 등껍질이 벗겨지든 말든 망나니처럼 뛰어놀았어. 보트의 노를 저어 바다 한가운데서 낚시를 하고 바닷속으로 뛰어들기도 했지.

난…… 돌덩이처럼 무감각했어. 아름다운 물고기 떼에도, 눈부신 해안에도 위로를 받지 못했지. 이제 앞으로 어떻게 해야 하는 것일까? 막막해져서 자꾸 멍하니 바다를 바라볼 뿐이었어.

밤이 되었어. 오두막 뒤쪽은 거대한 정글이었지. 그런데 거기, 예상치 못한 반전이 우리를 기다리고 있었어. 족히 100마리는 되고도 남을 굶주린 모기떼가 '때가 왔도다!' 일제히 잉잉거리면서 섬의 유일한 먹잇감인 우리를 습격했던 거야. 너도 알다시피, 정글의 모기는 항시 말라리아의 위험을 안고 있잖아. 침대 머리맡에 모기장이 있긴 했지만 펼 엄두가 나지 않았어. 낮의 열기가 식지 않은 오두막은 그때까지도 눅눅하고 뜨거웠거든. 잠은커녕 숨도 쉴 수가 없을 지경이었으니, 거기에 모기장까지 보태기보다는 차라리 모기밥이 되는 편이 나았지.

문명의 보호를 받지 못할 때 인간은 얼마나 약한 존재인지. 내가 할 수 있는 거라곤 뜨거운 열기 속에서 어렵사리 잠든 아이들에게 모기퇴치 크림을 발라주고, 크림에 전혀 굴하지 않고 덤벼드는 모기를 히스테릭하게 쫓으며 밤을 새우는 일뿐이었어. 끔찍하게, 정말 끔찍하게 긴 밤이었어. 언제 날이 밝으려나 저 멀리 해안을 바라보면, 거기 달빛만이 놀랍도록 아름다웠지. 졸다가, 화들짝 깨어 100마리의 모기를 쫓다가, 달빛을 바라보다가…… 그 순서의 반복이었어. 실패한 사람이 도망칠 곳을 찾아 하필이면 섭씨 40도가 넘는 모기 소굴로 뛰어들었으니, 그보다 더 나쁠 수는 없었던 거지.

그런데 참으로 신기한 것은…… 달빛을 바라보는 순서에 이르면 그 와중에도 '아, 정말 아름답구나!' 감탄하게 되었다는 거야. '해안에 내려가 좀 더 가까이서 달님을 볼 수 있다면 참 좋겠다'라는 생각도 하면서 말이야.

아침이 되었어. 밤새 처덕처덕 바른 모기퇴치 크림과 그 위로 흘러내린 땀과 수면 부족으로 엉망진창이 된 내게 오두막 주인이 물었어.

"굿모닝! 오늘 떠나시나요?"

정상적인 사람이라면 "네! 끔찍한 밤이었어요! 당장 보트를 불러주세요!" 비명이라도 질렀을 거야. 그런데 내 입이 비뚤어졌던 걸까?

"아니요. 하루 더 묵을게요."

오, 이런. 나도 번번이 이런 내가 싫어!

달빛 때문이었어. 멀찍이서도 놀랍도록 아름다웠던 그 달을 한 번 제대로 보지 않고서는 그 섬을 떠날 수가 없었던 거야. 실패한 도망자의 본능이기도 했지. 모기떼는 고약했지만 더 뒤로 물러날 데가 없었고, 달님은 마냥 부드러웠으니까.

"그런데 오두막에선 못 자겠어요. 바닷가에 모기장을 쳐주실 수 있나요?"

다시 두렵고도 설레는 밤이 되었어. 주인은 유일한 고객을 위해 바닷가에까지 매트리스를 끌고 나왔어. 그리고 정성스럽게 나무 울타리에 모기장을 묶어주었지. 아이들과 나는 미리 화장실에서 볼일을 보는 등 완벽하게 취침 준비를 한 뒤 모기장 안으로 '쏘옥' 들어갔어. 그리고 안쪽에서 빈틈없이 모기장을 여몄지.

베스트 초이스였어. 때때로 정글에서 울부짖는 짐승이 금방이라도 허술한 모기장을 찢고 들어올 듯 두렵기는 했지만, 모기만큼은 '완벽하게' 없었으니까. 게다가 바닷가 바람은 선선했지. 아이들은 금세 나긋한 잠 속으로 빠져들었어. 나는 잠든 아이들 사이에 드러누워 달을 기다렸어.

달님이 두둥실 모습을 드러냈어. 썰물로 드넓어진 촉촉한 개펄 위로 달빛은 마치 야구장의 서치라이트처럼 떨어졌어. 사막에서도, 화산 분화구 속에서도, 놀라운 달과 별의 잔치를 보아왔는데, 그런데…… 그런 달은 처음이었어. 마치 천상의 세계에서 진귀한 존재가 밤 동안 잠시 하강하기 위해 내는 길과도 같이, 달빛은 선명하고 은혜롭게 내려앉았지.

천지의 사물이 표표히 말하기 시작하면, 그것은 모국어처럼 명징하게 인간에게 전달이 돼. 그 인간이 제아무리 꽉 닫힌 상처투성이 마음을 지니고 있다고 해도 말이야. 세상 끝으로의 실종을 꿈꾸며 그 섬에 들어앉았다 해도 말이야. 달님은 분명 당신의 빛이 닿는 모든 것들에게 이렇게 속삭이고 있었어.

사랑합니다.

당신을 사랑합니다.

당신은 소중한 사람이에요.

가슴이 쿵쾅거렸어. 태어나 생전 처음 사랑 고백을 듣는 사람처럼. 달님의 목소리에는 당신의 말 그대로를 곧이곧대로 믿게 하는 마법 같은 힘이 있었지. 나는 말을 배우는 아기처럼 달님의 말을 따라 했어.

그렇군요.

당신은 나를 사랑하는군요.

나는 소중한 사람이로군요.

그렇게 말하고 나니, 나는 정말로 소중한 사람이 되었어. 사랑받는 사람이 되었지. 실패한 도망자가 아니었던 거야. 때때로 해안에서 멀어진 썰물이 아스라한 자장가처럼 찰박거리고 또 찰박거렸어.

아주 오래전 엄마 품에서 '세상 가장 소중한 존재'가 되어 잠들었던 그때처럼, 나는 지난 1년 동안 다그치며 달려왔던 자신을 달빛 아래 내려놓고 곤하게 잠이 들었어. 사랑하고 사랑받는 온유한 느낌 속에서.

다시 아침이 되었어. 태양은 온전히 뜨지 않았고 아직 아이들도 잠들어 있는 시간, 조용히 모기장을 빠져나와 물속으로 들어갔어. 모든 것이 전날과 다르게 다가왔어. 돌처럼 굳어 있던 것이 용해되는 느낌이었지. 나는 무작정 해안에서 멀어질 수 있는 만큼 멀리멀리 나아갔어. 기진맥진해질 때까지 헤엄을 쳤지. 그리고 뒤돌아보았어.

물에서 바라본 뭍은 아주 작더라. 거기서 들리는 소리도 아주 작았어. 의아할 정도였지. 어째서 나는 저 작은 땅 위에서 벌어지는 일이 세상의 전부인 듯 매달렸을까? 어째서 곤충의 윙윙거림처럼 작은 목소리들에 일희일비하며 괴로워했을까? 그제야 깨달았어. 사람의 일이란 그처럼 작은 거라는 걸. 내가 생의 한 토막을 내어줬던 일도, 거기서 비롯된 좌절도, 달빛과 바닷물에 녹이고 나니 그저 한 방울이었던 거야.

뭍을 보길 멈추고 바닷물 속에 얼굴을 담갔어. 어느덧 완전한 아침이 되었어. 새 아침의 햇살이 바닷속으로 쑤욱 들어왔지. 수면이 점차 따뜻해졌고, 깊은 곳은 여전히 차가운 시간이었어. 난류와 한류가 만나는 그 시간에 바닷속이 가장 화려해진다는 걸 처음 알았어. 무지갯빛 물고기 떼가 해안으로 밀려왔다가 밀려갔어. 산호는 오색찬란하게 빛을 발했고, 수백 마리의 은비늘 물고기 떼가 몸을 뒤집으며 고래도 만들었다가 애드벌룬도 만들었다가 하며 사라져버렸어. 물이 점점 더 따뜻해졌어. 물속도 점점 더 환해졌어. 어느새 내 마음도 바닷속처럼 따뜻해지고 환해지고 있었지.

그때 문득, 뚜렷한 문장 하나가 환해진 마음 꼭대기에 새겨져 있더라.

'나는 텅 비었다.'

텅 빈 것들은, 조금 슬프지. 그 문장을 읽는 순간 내내 참았던 눈물이 밀려 나왔어. 아무도 없는 바다 한가운데였어. 나는 모든 학습된 가식을 버리고 아이처럼 엉엉 울었어. 스노클 튜브를 입에 물고 있었기 때문에 울음소리는 적나라하게 내 귀로 확장되어 들어왔어. 그래도 그냥 실컷 울도록 놓아두었어. 막연히 그것이 좌절의 마지막 통과의례라는 걸 느끼면서.

얼마나 그러고 있었을까? 눈물이 멈췄어. 같은 문장의 뜻이 새로이 다가왔어. 텅 비었다는 건 최선을 다했다는 뜻이었어. 찌꺼기조차 남아 있지 않으니, 지금부터 새로이 채워나가기만 하면 된다는 뜻이기도 했지. 그러니 이제 할 일은, 결과에 상관없이, 그토록 열심히 써버린 나를 위로하고 다시금 채워주는 일이었어.

저 어두운 바다 밑바닥에서 무언가 나를 보고 있다는 걸 알았어. 그때까지 한 번도 마주친 적 없었던 거대한 바다거북이었어. 마치 선물처럼, 신기루처럼, 녀석은 나를 한동안 응시하더니 휙 흔적도 없이 사라졌어. 뜬금없는 등장과 퇴장이 놀라워서 나도 모르게 웃음을 터뜨렸어. 마고, 한국엔 울다가 웃으면 어디에 털 난다는 속담이 있는데, 너희도 있니?

울다가 웃다가 물에서 나왔을 때, 나는 어제와 다른 사람이었어. 부정하는 사람이었다가 긍정하는 사람이 된 거지. 스스로를 미워하는 사람이었다가 사랑하는 사람이 된 거야. 뭍으로 걸어 올라오면서, 나는 다시 태어난 기분이었어. 같은 바다, 같은 섬, 같은 사람이었지만, 다른 바다, 다른 섬, 다른 사람이었지.

마고, 우리가 길을 떠나는 건 그래서일 거야. 길 위의 거대한 위로들과 조우하는 것. 그 순간 내가 지닌 '절대적' 고통이 '상대적'으로 초라해지는 것. 그 고통 때문에 내쳤던 자신을 도로 끌어안는 것. 멈췄던 춤을 추는 것. 사랑을 시작하는 것.

마고의 얼굴엔 어느덧 눈물이 멈춰 있었다.

"마고, 그러니까 울어도 괜찮아. 뭘 해야 할지 몰라도 괜찮아. 네 나이에도, 나처럼 애 엄마가 되어도, 할머니가 되어도, 우린 종종 길을 잃어. 그리고 또 찾아. 너는 이제 막 길을 떠나왔잖아. 시간이 흐르면 그저 알게 될 거야."

마고가 반신반의하면서 내게 물었다.

"그럴까? 하지만…… 난…… 당장 어디로 가야 할지도 모르겠는걸. 이렇게 막막한걸."

"넌 당장 낚시를 가기로 했잖아. 저 친구들과."

내가 해안가에 정박된 보트를 가리켰다. 외국인 친구들이 이쪽을 쳐다보며 배에 오를 준비를 하고 있었다. 마고가 어이없다는 듯 피식 웃었다.

"그리고 마고, 이곳에 더 있는 게 좋을지도 몰라."

"무슨 말이야?"

"내가 섬에 있는 동안, 한 이태리 남자가 찾아왔었어. 이 일대 섬을 조사 중이래. 전 세계에 있는 파라다이스 같은, 하지만 잘 알려지지 않은 섬을 찾아 소개하는 직업을 가진 남자였어. 진짜 잘생겼거든? 섬이 다 훤해질 정도였어. 네 나이 또래야. 당분간 여기 머물 거라고 했어. 포트바턴에."

마고의 얼굴이 드라마틱하게 밝아졌다.

"여기 어디?"

"숙소까지는 안 물어봤는데…… 그래도 여기 좁잖아. 길도 하나뿐이고. 분명히 마주치게 될 거야."

"어떻게 생겼는지 말해줄 수 있어?"

"자알 생겼다니까. 보면 '아, 재구나!' 바로 알 수 있어. 제이크 질렌할이 여기 오면 바로 알 수 있지 않겠니?"

"오, 제이크 질렌할…… 딱 내 스타일인데! 그 남자 이름은?"

이 녀석, 많이 외로웠구나.

"이, 이름은…… 지안니? 보티첼리? 아냐 아냐. 미안. 완전 까먹었다."

나는 덧붙였다.

"어디에 갈지 끝까지 생각나지 않으면, 마고, 우리 집으로 와. 우리 집엔 어른용 자전거가 두 대 있어. 그런데 그중 한 대는……"

마고가 한국 직장인의 바쁜 일상을 잘 안다는 듯 마무리했다.

"아무도 타지 않지."

"바로 그거야. 녹슬다 못해 고장 날 지경이야. 그러니 네가 내 남편 걸 타줘. 그걸 타고 개천을 따라 달리면 꽤 괜찮은 카페가 있지. 그 집 커피 맛이 좋아. 내가 거길 데리고 갈게. 네가 다음에 어디로 갈지 생각날 때까지 매일 데리고 갈게. 그리고 약속해. 커피 값은 모두 내가 낸다. 그대는 백수니까."

마고가 환하게 웃었다. 그러고 나서 물었다.

"나…… 잘하고 있는 걸까?"

"물론이야. 첫 장소로 포트바턴을 찍은 걸 봐. 넌 찍는 데 소질이 있어. 앞으로 내내 잘 찍을 거야."

보트 주변의 외국인들이 더는 못 기다리겠다는 듯 크게 마고를 불렀다.

"가봐야겠어."

우리는 약속이나 한 것처럼 벌떡 일어났다. 동시에 와락 뜨겁게 끌어안았다. 설명할 수 없는 동류감이 맞닿은 가슴을 뚫고 전류처럼 관통했다. 그녀가 바쁘게 보트에 올라탔고 이내 점처럼 작아졌다.

눈부신 수평선 속으로 점마저 사라졌을 때, 그녀 앞에 남겨진 길고도 지난한 여정에 대해 내가 바란 한 가지는 이것뿐이었다.

오늘을 후회하지 말 것. 눈물도 부끄러워하지 말 것. 바로 지금처럼, 닫혀 있던 문을 열며 다닐 것. 열린 가슴속으로 세상의 모든 길들이 들어와, 나아갈 곳을 알아서 인도해줄 테니.

포트바턴, 필리핀

○ 미스터 찰스

•

마고가 아장아장 자기애를 시작했다면
미얀마의 찰스는 자기애의
완성을 보여주는 사람이었다.

그의 자기애는 이기적이지 않았다.

제3세계의 일원으로서
찰스는 자신의 목소리뿐 아니라
주변의 목소리를 함께 들어야 했다.
사회적, 경제적 책무를 통과해야만 했다.

그러면서도 완급을 조절할 줄 알았다.
책무에 휩쓸리거나 짓눌려 병들지 않았다.

내면의 목소리로 꾸준히 방을 지었고
좋아하는 것만을 가져다 그 방을 채웠다.

그리고 가장 어려운 그것,

적절한 시기에 자신을 수호하기 위해
세상이 내미는 것들을 향해
“이제 그만!”이라고 선언하는 것,

그것을 행하고
방으로 들어가 창문을 열었다.

그 창가에 머무는 햇살은
언제나 봄이었다.

미얀마 티보Thibaw의 게스트하우스 '미스터 찰스'에는 늘 사람이 넘쳤다. 이웃한 게스트하우스들이 텅텅 비어 있을 때조차, 미스터 찰스에서는 방 하나가 나기 바쁘게 다음 손님으로 채워졌다. 다른 게스트하우스보다 더 나은 설비를 갖추었거나 더 청결하냐 하면 꼭 그렇지도 않았다. 대신 방마다 창문이 더 많았다. 물론, 그리로 쏟아져 들어오는 빛과 바람도 더 많았다. 또 방마다 바닥이 전형적인 미얀마 마룻바닥이었다. 맨발로 나무를 디디는 느낌이 좋았다. 출입구 앞은 너른 마당이었다. 그곳 의자에 앉아 하루 일정을 계획해도 좋았고, 새로운 여행자를 만나 사귀며 아무것도 하지 않아도 좋았다. 아침식사로 나오는 빵은 언제나 적당히 따뜻했으며, 바르기 딱 좋은 만큼만 버터가 녹아 있었다. 찰스는 게스트하우스 주인인 미얀마 할아버지의 영문 이름이었는데, 나는 그가 여행을 많이 한 사람이든 아니든 간에 틀림없이 만국 공통의 '편안함'에 대해 일가견이 있는 사람이리라 짐작했다.

찰스 할아버지는 게스트하우스에 모습을 잘 드러내지 않았다. 하지만 그의 아들 삐삐와 장성한 두 딸들은 모두 게스트하우스 운영에 열심이었다. 그들은 완벽하게 영어를 구사했고, 작게는 빨래에서부터 크게는 트레킹 가이드까지, 언제나 적절하고 정확하게 투숙객들을 위해 봉사했다. 자식이나 배우자는 그 사람의 숨길 수 없는 거울이라 했던가. 나는 점점 찰스가 어떤 사람인지 궁금해졌다.

어느 날 삐삐와 이야기를 나누던 중 물었다.

"찰스는 젊은 시절부터 게스트하우스를 운영했나요?"

"아니요. 제가 어릴 때 부모님은 국수 장사를 하셨어요. 하루하루 입에 풀칠하기도 힘든 나날이었죠. 하나라도 입을 덜기 위해, 제가 친척집으로 보내져야 할 형편이었으니까요. 그러다 우연히 아버지가 티보에 트레킹을 하러 온 외국인을 집에서 묵게 했어요. 이곳에 게스트하우스 같은 것이 전무하던 시절이었죠. 그것이 소문이 나서 하나둘 찾아오는 외국인들이 늘어났어요. 그러고는 그 숫자가 기하급수적으로 늘어버렸죠."

"아버지에게 타고난 비즈니스 감각이 있었던 게 아닐까요?"

삐삐가 껄껄 웃었다.

"그 반대였어요. 본격적으로 사업을 확장해야 할 시기가 되자, 아버지는 자식들을 불러 말씀하셨죠. 나는 정원의 꽃과 나무를 가꾸는 것이 좋다. 그리고 한가로이 산책하는 것이 좋아. 그런데 이제 그럴 수 없을 만큼 바빠졌으니, 난 모르겠다. 너희들이 알아서 해라. 그러곤 게스트하우스에서 멀리 떨어진 곳으로 거처를 옮기셨어요."

"그럼…… 지금은 무얼 하시나요? 정말로 정원을 가꾸고 산책만 하시나요?"

"네."

우리는 너털웃음을 터뜨렸다.

"이곳엔 전혀 안 와보시고요?"

"아주 가끔씩 와보세요. 이곳이 잘 돌아가는지 궁금해서 확인차 오시는 게 아니라, 산책하시다 마침 이곳을 지나칠 때 모르는 척 지나가긴 자식들에게 미안하니까 잠깐씩 들여다보시는 거죠. 그러곤 고작 몇 분 머물다가 이렇게 변명하듯 말씀하시고 서둘러 사라지세요. 나는 외국인 세 명이 한계란다. 그런데 벌써 다 만났구나. 어서 이곳을 빠져나가야겠다."

우리는 다시 웃었다.

찰스는 나의 짐작과 일치하는 사람이었다. '편안함'에 대해 일가견이 있는 사람. 생활이 제아무리 화려한 야망을 강요하고 바쁜 하루 일정을 알차게 짜 넣어도, 불편함이 느껴지는 지점에서 미련 없이 내려놓고 돌아서는 사람. 손에 쥐는 것과 내려놓는 것 사이의 비밀스러운 안거점을 찾아내고 그 지점에 머물며 스스로와 조화로운 사람. 그러한 그의 품성이 게스트하우스 '미스터 찰스'에 스며든 비밀이었다.

여행이란, 생의 다른 것들과 마찬가지로 대가를 요구한다. 잠시 쥐고 있던 것을 내려놓아야 떠나지는 것이다. 불편하지만 이대로 모르는 체 가면 그럴듯하게 채워질 이력서의 한 칸을 비워내는 것. 불편하지만 이대로 모르는 체 가면 손가락질 받지 않을 일상의 연속성을 깨는 것. 그리하여, 그 '모르는 체'가 도저히 불가능해진 지점에서 불편함을 박차고 떠나온 여행자들에게 찰스는 편안함이란 공통분모의 손을 내미는 것이었다. 빛과 바람으로. 나무 감촉으로. 너른 마당으로. 따스한 빵과 부드러운 버터로.

티보, 미얀마

어느 날인가 멀찍이서 마당에 서 있는 찰스 할아버지를 보았다. 남청색 론지긴 랩스커트처럼 생긴 미얀마 전통 남성 하의에 눈부시게 흰 셔츠를 입은 그는 그곳에 앉아 쉬고 있는 다른 손님들과 마찬가지로 낯선 곳에 도착한 사람처럼 수줍고 호기심 어린 얼굴로 잠깐 안을 들여다보더니, 달리 할 말도 없다는 듯, 이른 아침 햇살 속에서 마냥 웃었다.

○ 스무 살의 가방

•

어떤 이는 스무 살에 했던 사랑이

진짜였다고 했다.

평생 여관방을 전전하며 살아도

그 아이와 함께라면

행복할 것 같았던 시절,

바람은 가슴 한가운데로 불어와

혈맥을 따라 고스란히 파장을 일으켰고

고개를 들어 둘러보면

아무것도 정해진 것 없어

늦도록 시시덕거렸던

그 사랑이 진짜였다고 했다.

어떤 이는 서른 살에 했던 사랑이

진짜였다고 했다.

화장도 구두도 일정한 스타일로 자리를 잡았고

키스와 이별에도 패턴이 생겼다고 했다.

더불어 두려움도 덜해져

선뜻 전화 걸어 "보고 싶어" 말하고

분위기 있는 카페에서

와인 잔을 기울일 수도 있게 되었다고 했다.

사랑은 더 이상 해일처럼 덮치는 것이 아니라

손 안에서 편안하게 주관되는 것.

그 사랑이 진짜였다고 했다.

어떤 이는 생의 반절을 살고 나서 했던 사랑이
진짜였다고 했다.

자신이 어떤 사람인지를 비로소 좀 알게 된 뒤에
곁의 그를 보았더니 아름답너라고 했다.
그가 자신을 할퀴었던 자국만큼이나
자신이 그를 할퀴었던 자국이
선명한 아픔으로 눈에 들어왔다고 했다.
그저 견뎌준 것에 감사하며 산다고 했다.

감사가 가져다주는 평화가
나머지 반절 동안 계속될 것 같은 예감에
그의 손을 가만가만 잡으며
다시 스무 살처럼 입을 맞춘다고 했다.

그 사랑이 진짜였다고 했다.

우리의 사랑은

시간 속에서 무엇을 얻는가.

파리에서 만난 루마니아 대학생 이리나는

우리가 사랑을 부둥켜안고

시간이라는 터널을 통과하는 동안

어떻게 변모하는가를

긍정적으로 뒤돌아보게 했다.

초콜릿처럼 달콤하게.

이리나는 루마니아인이었다. 14킬로그램짜리 가방 두 개를 어깨에 메고 있었다. 나는 막 도착한 샤를 드골 공항에서 파리 시내로 가는 지하철로 갈아타기 위해 표를 끊어야 했는데, 티켓 자판기 앞에서 그녀를 만났다.

자판기는 어쩐 일인지 그녀의 카드를 받아들이지 않았고 1유로짜리 잔돈만을 원했다. 해외여행이 처음이라는 그녀는 미처 잔돈까지는 준비하지 못한 터였다. 주변에는 카드가 왜 되지 않는지 물어볼 사람도 마땅치 않았고, 잔돈을 바꿀 만한 상점도 눈에 띄지 않았다. 혹시나 소매치기가 가져갈지도 모른다면서, 그녀는 극구 가방을 바닥에 내려놓으려 하지 않았다. 그리고 지칠 없이, 소용없이, 자판기의 버튼을 눌러댔다. 두 개의 무거운 배낭이 허둥대는 그녀의 양 어깨에서 계속 흘러내렸다. 그녀 뒤에 서 있던 나는 몇 분간 지켜보다가, 1유로를 내밀었다.

그녀는 스무 살이었다. 며칠 뒤 릴Lille에서 있는 세계 대학생 모임에 루마니아 대표로 참석할 예정이라고 했다. 첫날부터 각지에서 모인 대학생들과 파티가 있는데 너무나 긴장되고 흥분된다고 했다. 아직도 솜털이 가득한 그녀의 얼굴은 정말로 벌써부터 발그레하게 상기되어 있었다. 우리는 지하철에 올라탄 뒤 노선표에서 각자 내릴 곳을 확인하고 빈 좌석에 나란히 앉았다. 내가 느긋하게 창밖의 풍경을 바라보는 동안, 그녀는 기차가 설 때마다 안절부절못하고 역명을 하나하나 다시 확인했다. 그리고 자신이 내릴 역까지 남은 역의 개수를 다시 세었다.

"편하게 있어요. 아직 많이 남았으니까."

내가 두 번쯤 그렇게 말했을 때에야 그녀는 차분히 앉아 주변을 둘러보았다. 그리고 뒤늦게 창문에서 햇볕이 쏟아져 들어온다는 것을 깨닫고 선글라스를 꺼내 꼈다.

이리나는 동유럽을 통과해 내려온 자신의 여정에 대해, 루마니아에서의 그녀 삶에 대해 빠른 말투로 이야기해나갔다. 말하자면,

그녀는 루마니아의 서울대생이었다. 4개 국어를 구사한다는 그녀는 '환경과 여성 운동'에 대한 관심이 매우 높았으며, 그 두 주제를 어떻게 효과적으로 융합하여 이번 모임에서 프로젝트화 할 것인가에 대해 고민 중이었다. 모범생 특유의 진취적인 활력과 모범생 특유의 실수를 하지 않으려는 긴장감이 온몸에서 배어나왔다.

이야기 중간중간마다 일어나 역명을 재차 확인하려는 그녀에게 나는 안내방송처럼 일러주어야 했다.

"괜찮아요. 아직 아홉 개 남았어요."

"괜찮아요. 아직 일곱 개 남았어요."

나는 그녀가 이 첫 번째 여행에서 햇살과 풍경을 놓치리란 걸 알았다. 실수로 목적지를 지나쳤을 때 당황스러운 마음을 새로이 움켜쥐며 다가오는 풍경, 기어이 목적지에 도달했으나 'Closed'란 푯말 위로 허망하게 빛나는 햇살, 그때에 비로소 시작되는 예기치 않은 만남과 이야기 들을 놓치리란 걸 알았다. 그러나 그 또한 좋으리라. 그녀는 이제 고작 스무 살이고, 이것은 그녀의 첫 번째 여행이므로.

나는 환경과 여성 문제에 대한 그녀의 견해가 그다지 궁금하지 않았다. 그녀가 지금 자신의 것이라 생각하는 그 견해들은, 실은,

아직 누군가의 견해를 채집하고 카피한 것에 불과하기 때문이다. 영리한 그녀는 언젠가 카피본으로부터 진짜 그녀본의 견해를 만들어내겠지. 대신 나는 여행 초반부에 벌써 더러워진 그녀의 배낭 안에 들어 있는 것들이 궁금했다. 고작 2주간의 여행이라면서도, 그녀의 배낭은 내가 한 달간 떠날 때 꾸리는 그것보다 훨씬 컸기 때문이다.

짐을 꾸리는 방식은, 때로, 그 사람이 사랑을 하는 방식이다. 더 원하는 것과 덜 원하는 것 사이에서 갈등을 하는 방식이자, 버릴 수 있는 것과 버릴 수 없는 것 사이에서 망설이는 방식이다.

스무 살에는 많은 것을 버릴 수 없다. 앞으로 어떤 상황이 벌어질지, 그 상황 가운데서 어떤 것만이 자신에게 절실할지 아직 잘 알지 못하므로. 비록 그녀는 지금 땀으로 얼룩진 셔츠를 입고 있으나, 아마도 가방 안에는 프로젝트를 도와줄 자료와 함께 파티에 대비한 오프숄더 드레스나 새빨간 킬힐 한 켤레쯤 들어 있겠지. 나는 가방 속에 무엇이 들어 있느냐고 물었다. 스무 살에 내게 소중했던 것들, 그러나 이미 기억 속에서 사라진 것들의 흔적을 기대하며.

이리나가 배낭 하나를 열어 보였을 때, 오, 세상에! 나는 커다랗게 웃고 말았다. 그 배낭의 절반은 초콜릿이었다. 노랗고 빨갛고 푸른 각양각색의 초콜릿 포장지가, 곧 넘쳐 흘러내릴 그녀의 꿈처럼 가방 꼭대기까지 차올라 있었다.

"루마니아는 초콜릿으로 유명해요. 흔히 스위스 초콜릿이 최고라고 알려져 있지만, 일단 루마니아 초콜릿 맛을 본 사람들은 알게 되죠. 지금껏 먹어온 초콜릿은 넘버투였다는 걸."

이후에 그녀가 내게 했던 말들을 나는 기억하지 못한다. 그녀가 열어젖힌 각양각색의 초콜릿 다발에 이끌려, 나는 다만 추억하고 있었다. 가방의 절반을 초콜릿으로만 채워도 좋았던 시절에 대해. 뚜껑을 열면 기발하고 엉뚱한 삶의 계획들이 무지갯빛 실타래처럼 무모하게 쏟아지던 시절에 대해.

때로 그 엉뚱한 계획들이 남의 눈에 띌까 두려워 싸리비만큼이나 기나긴 빗자루로 쓸어 담노라면, 누군가 손을 내밀기도 했다. 곁에 와 앉아 있기도 했다. 비질을 멈추고 잠시 그와 이야기를 나누다 보면, 그 또한 웃음을 터뜨릴 때 대충 감추어놓을 수 없는 무지갯빛 무모한 꿈이 푸르게 이 사이로 새어나온다는 것을 알게 되기도 했다. 그와 손을 잡았을 때 심장은 손끝을 뚫고 튀어나올 것 같았고, 그와 입을 맞췄을 때 나는 작디작은 별의 티끌이 되어 빛보다 빠른 속도로 우주를 건너갔다. 그가 지금 어디에 있는지 모르는 것처럼, 소중한 줄 모르고 쓸어 담았던 그때의 계획들도 우주 어딘가에 까맣게 파묻혀버렸다.

그녀는 나보다 앞서 일어났다. 나는 그녀에게 행운을 빌었고, 그녀는 초콜릿 두 개를 내밀었다. 다시 두 가방을 어깨에 멘 채 초조하게 문이 열리기를 기다렸다가, 문이 열리자마자 성큼 뛰어내렸다.

그녀의 뒷모습을 보면서 나는 계속 상념에 잠겼다. 지금 초콜릿으로 채워진 그녀의 가방은 이제 다가올 시간 속에서 연애편지로, 멋진 잠언집으로, 혹은 이력서로, 다시 채워지고 다시 비워지고를 반복할 것이다. 그때에 그녀는 충만함으로, 상실감으로, 혹은 그저 피로함으로, 세상에서 가장 아름다운 미소를 짓거나 가장 외로워진 채 흐느끼거나 할 것이다.

그러나 서른일곱 내 마음속 가방에는 스무 살 그녀의 가방에 초콜릿으로 채워진 딱 그만큼이 이미 바꿀 수 없는 어떤 것으로 채워져 있음을 잘 알고 있다. 나는 그녀처럼 초조해하지도 않은 채, 목적지에 도달하지 못할 것을 두려워하지도 않은 채, 다시 창밖으로 시선을 돌릴 수 있다는 것도 잘 알고 있다. 나이와 함께 탄력이 줄어드는 것은 피부의 얇은 층에만 한정된 것이 아니어서, 마음의 넓은 층에 걸쳐서 고정된 자리라는 것이 생겨나는 것이다.

그럼에도, 그녀의 특별한 가방은 나를 묘한 충동에 휩싸이게 했다. 한 번쯤 초콜릿으로 가득 찬 가방을 들고 무작정 떠나도 좋지 않을까. 가방을 꾸릴 줄 모르는 사람처럼, 아직도 딱 한 번쯤, 아무런 대책도 없이.

초콜릿 두 개를 연이어 먹었다. 그날은 아이를 낳은 이후 홀로 하는 먼 여행의 첫날이었으나, 그곳은 우리의 관념 속에서 낭만을 방조하는 파리였으나, 그렇다고 해서 조그만 초콜릿 두 조각의 달콤함이 혀끝에 평소보다 오래 머물지는 않았다.

내릴 역에 이르러, 나는 꼭 필요한 것들만으로 꾸려진, 매우 간소한 가방을 들고 문이 열리기를 담담히 기다렸다.

파리, 프랑스

○ 저글러들

•

어떤 이는 스무 살에 했던 사랑이
연습에 불과했다고 했다.

서툰 키스와 잦은 말다툼,

그 아이와 분식집에 앉아서도
메뉴판의 가격을
오랫동안 들여다보아야 했던 시절,

아르바이트와 취업 준비 사이에서
숨이 차 돌아보면
그 아이는 저만치 멀어져서
"넌 안 돼" 하는 얼굴로
낯설게 고개를 젓곤 했다고

그건 사랑이 아니었다고 했다.

어떤 이는 서른 살에 했던 사랑이
죽도록 피로했다고 했다.

임신을 했고 출산을 했다.
남편은 들어오자마자 피곤하다며 곯아떨어졌고
아기는 한밤중에도 가차 없이 울어 젖혔다.
생의 무게가 바위처럼 어깨를 짓눌렀다고 했다.

“인간아, 넌 애 우는 소리도 안 들리니?” 괴성을 지른 어느 밤,
남편이 화병花甁을 집어던졌고 파편 한 조각이 손가락에 박혔다.
그가 울먹이며 손가락을 치료해주었다.

하지만 다음 날 밤에도 남편은
아기 울음소리를 듣지 못했다고 했다.

그건 사랑이 아니었다고 했다.

어떤 이는 생의 반절을 살고 나면
사랑 같은 건 없다고 했다.

습관처럼 눈을 뜨고
습관처럼 밥을 먹고
습관처럼 데면데면 사람들 속에 섞여 있다 돌아와
대부분 비어 있는, 훌쩍 자란 아이 방에서
옷가지들을 주워 빨래통에 담고
열정이 사라진 침대에서
열정의 화석을 더듬으며 잠을 잔다고 했다.

사랑은 촛불처럼 생의 한순간 주어지는 선물일 뿐,
나머지 시간들은 '사랑하지 않는 습관'으로
인내하며 조절하며 지새울 뿐이라고 했다.

그건 사랑이 아니었다고 했다.

우리의 사랑은
시간 속에서 무엇을 잃는가.

볼리비아의 라파스에서 만난
거리의 두 젊은 연인은
우리가 사랑을 부둥켜안고
시간이라는 터널을 통과하는 동안
어떻게 변모하는가를
부정적으로 뒤돌아보게 했다.

바래버린 옛 연애편지처럼 뼈아프게.

로터리의 신호가 바뀌었다. 차들이 멈춰 섰다. 해발 3,600미터, 세상에서 가장 높은 수도 볼리비아의 라파스. 한 남자가 잽싸게 차도로 튀어나갔다. 로터리 한가운데에 서서, 쥐고 있던 볼링핀 모양의 봉들을 높이 던졌다. 세 개의 봉들이 차례대로 원을 그리며 한 바퀴씩 돌고 그의 손으로 떨어졌다. 이번에, 그는 다시 목 뒤로 봉을 넘겼다. 허벅지 아래에서 잡았다. 뛰어난 기술이었다. 세 개의 봉 모두 일정한 간격으로 뜨고 회전하고 가라앉았다. 그리고 또 떠올랐다. 고도 때문에 천천히 걷기만 해도 숨이 찬 도시 라파스에서, 스물다섯 살쯤 되었을까? 남자는 쉴 새 없이 움직이고 있었다.

그는 저글러였다. 신호가 다시 바뀌기 전까지, 약 4분가량이 그에게 주어진 공연 시간이었다. 4분 중에서 마지막 10초 정도는 남겨두고 저글링을 끝내야 했다. 정확한 타이밍이어야 했다. 그렇지 않으면 운전자들이 내미는 동전을 걷으러 가기도 전에 차들이 출발해버리고 말았으니까.

3분 50초 동안 꽉 짜인 레퍼토리로 시선을 사로잡기 위해서, 그는 힘과 모험을 선택했다. 아낌없이 뻗고 점프했다. 마지막 하이라이트를 위해서는 신고 있던 신발을 등장시켰다. 세 개의 봉과 한 짝의 낡은 운동화. 가장 높이 던져진 신발이 마침내 발에 안착하면 공연은 끝이었다.

다음은 여자의 순서였다. 여자는 두 개의 봉만 돌렸다. 남자보다 스케일도 기교도 떨어졌지만 귀여운 동작이었다. 모험적이지 않은 대신 안정적이었고, 힘 있게 움직이는 대신 깜찍하게 움직였다. 무엇보다 큰 무기는 미소였다. 시종일관 생글생글 웃으며 '너희들에게 쇼를 보여줄 수 있어 정말 기뻐!' 말을 걸듯 저글링을 했다. 볼리비아에서 운전자들은 99.9퍼센트가 남자. 남자들이 저글링보다 그녀의 미소를 쳐다보는 동안 신호가 바뀌었다. 3분 50초가 되면 그녀는 정확히 마무리했고, 꽤 많은 운전석에서 내밀어진 동전을 거둘 수 있었다.

문제는 야심의 하이라이트, 남자의 신발 벗어 던지기였다. 언제나 4분의 시간제한을 넘기는 군더더기가 되었던 것이다. 운동화를 도로 신을 즈음 차들이 떠나버렸다. 게다가 발로 던지고 발로 받는 그것은 가장 고난도의 기교여서, 신발을 놓치거나 뛰어가 줍는 등의 오차를 피할 수가 없었다. 하이라이트가 생략된 밋밋한 공연을 선보여 동전을 조금만 거두나, 하이라이트를 선보이느라 차들을 놓치나, 내가 볼 땐 비슷비슷한 수입이었다. 그래도 그는 주야장천 운동화를 포기하지 않았다. 어렵게 습득한 그 기술이 그에겐 몹시 소중한 모양이었다.

자신의 짧은 공연이 끝나면, 그들은 상대방의 공연을 지켜보았다. 사랑하는 연인의, 하루에도 수십 번씩 반복되는 싸구려 길거리 공연을. 여자는 도로변에 서서 여전히 생글생글 웃으며 남자의 공연을 지켜보았다. 그녀의 머리칼과 남루한 옷에 라파스의 먼지가 만만찮게 내려앉았다. 하지만 미소엔 지침이 없어 보였다. 남자가 운동화 때문에 기껏 공연을 펼치고서 동전을 놓쳐도, 계속 놓쳐도, 그녀는 '운동화를 빼!' 소리 지르거나 하지 않았다. 그저 웃었다.

남자만큼이나 그녀도 그 동작을 존중하는 듯했다. 남들에겐 신발짝에 불과한 그 기교가 얼마나 습득하기 어려운 것인지를, 남자가 거기에 얼마나 많은 공을 들였는지를 알고 있는 듯했다. 그러니 동전은 포기해도 신발은 계속 던질 수밖에.

중빈이 내게서 동전을 받아들었다. 조르르 달려가 그들의 가방에 집어넣었다. 우리는 아예 길가에 자리 잡고 앉아 그들을 지켜보았다. 얼마나 시간이 지났을까? 몇 번이나 공연이 반복되었을까? 보는 이가 다 숨이 차고 팔이 아팠다. 그러나 신호가 바뀌어 차들이 달리는 동안에도, 그들은 쉬지 않았다. 에너지를 보충하듯 키스를 했다. 그리고 또 자투리 시간을 활용해 저글링 연습을 했다.

알고는 있었다. 가난한 여행자들의 천국, 볼리비아에선 그들의 시원찮은 벌이로도 하루의 검박한 숙식이 해결된다는 것을. 그러므로 내일이 되면 그들은 또 팔다리 저리게 뛰어야 한다는 것도.

하루를 뛰어, 그 하루 사랑하는 이와 함께 있을 수 있고, 사랑하는 일을 할 수 있다면 '청춘'은 지치지 않는다. 먼지를 뒤집어쓰고서도 생글생글 웃는다. 그래서 청춘은, 신비다. 그 안에 들어 있을 때는 자신이 신비인 줄 모르는 신비.

신비는 어느 날 아침 문득 끝이 난다. 잠에서 깨어 쑤시는 팔다리가 절망적으로 느껴질 때 끝이 난다. 신발을 던지는 고난도의 기교를 알아주지 않는 운전자들에게 화가 치밀 때 끝이 난다. 먼지

속에서 웃어야 하는 게 굴욕적으로 느껴질 때 끝이 난다. 결국 '운동화 부분은 빼!' 말해버린다면 끝난 것이다. '사실 네 미소도 그저 그랬거든!' 말해버린다면 끝난 것이다. 하루 벌어 하루 사는 것이 숨이 차다면 청춘은 끝난 것이다. 내가 이토록 숨이 찬데 네가 멍청히 생글생글 웃고 있다면, 끝끝내 신발을 고집한다면, 청춘은 완전히 끝나버린 것이다.

청춘의 나라에는 황금이 없다. 지식도 없고 계급도 없다. 오늘에 굴하지 않고 내일을 두려워 않는 저돌성, 그것만이 청춘의 나라에서는 가장 빛나는 자산이 된다. 그렇기에 가진 것 없음이 초조해지는 순간, 마법은 풀려버린다. 신발과 미소가 시시해지는 순간, 빛이 사라져버린다.

너는 이제 더 이상 빛나지 않는,
먼지와 피곤에 절고 사랑을 잃은
거리의 저글러가 되었다.

슬프지만, 우리는 모두 유년을 벗어나듯 청춘을 벗어난다. 먼지와 피곤에 절고 사랑을 잃은 거리의 저글러가 된다. '운동화 부분을 빼기로 약속하고' 배우자와 결혼한다. 얼마 안 되는 동전을 긁

어모아 저글링보다 '약은 기교'를 자식에게 가르치려 고심한다. 꽃처럼 생글생글 웃던 기억은 타임캡슐 속으로 소실된다.

그사이 작은 차를 마련한다. 운전도 배운다. 앞차를 긁고 비굴한 미소를 지으며 몇만 원 쥐여준다. 뒤차가 내 차를 긁으면 핑계김에 범퍼를 바꾼다. 너는 한숨을 쉰다. 타임캡슐 속에 무언가를 두었던 것 같은데, 그게 무엇인지 기억나지 않는다.

시간이 더 흐른다. 소형차가 중형차로 바뀐다. 너는 타임캡슐의 존재조차 완전히 잊어버린다. 그리고 그들을 만난다. 어느 날, 길 위에서, 조금 더 커진 차의 운전대를 잡고서. 너는 눈을 크게 뜨고 그들을 바라본다. 그가 끝까지 운동화를 벗어 던지는 것을. 그녀가 생글생글 웃고 또 웃는 것을. 너의 이끼 낀 가슴에 금이 간다. 타임캡슐이 벌어진다……

가난한 여행자들의 천국, 라파스의 도로변이었다. 내가 계속 한 자리에 앉아 바라보는 것을 눈치 챘는지, 그녀가 나를 향해 생긋 빛나는 미소를 지었다. 나도 그녀를 향해 미소 지었다. 물론, 그녀처럼 빛이 나지는 않았을 것이다.

○
라파스, 볼리비아

나는 주머니에 있는 동전을 모조리 꺼내 그들의 가방 속에 털어 넣고 일어섰다.

사랑, 그 진지한 농담

•

모두 다

'남다른' 사랑을

하고 있다고 생각한다.

그러나

인류학적 범주에서

더 크게는 생물학적 범주에서

우리의 언행은 크게

'남다르지 못'하다.

비슷한 확률에 기대

비슷한 레퍼토리의 순환 속에서

비슷한 인연을 만들어간다.

그래서 사랑은,

있는 그대로의
진지함만으로도
농담이 된다.

스물다섯 살, 스페인 출신 동갑내기 커플이었다. 남자가 먼저 자기소개를 했다.

"난 배우야."

배우답게 핸섬하고 표정이 풍부한 청년이었다. 여자도 자기소개를 했다.

"난 건축가야."

우마 서먼을 연상시키는, 차분하고 이지적인 눈매가 인상적인 아가씨였다. 청년이 부연 설명을 했다.

"배우라곤 하지만 아직 시작 단계라서, 무대에 서지 않을 때는 칵테일 바에서 아르바이트를 해."

내가 말했다.

"흠, 네가 그렇게 잘생겼으니 그 칵테일 바, 여자들로 미어터지겠는걸."

청년이 당황하며, 재빨리 여자친구를 쳐다보았다.

"무슨 말이야? 난 가게에 오는 여자들을 쳐다보지도 않아. 가게에서는 여자들과 눈도 맞추지 않고 입도 뻥긋 않는다고."

우마 서먼에게 물었다.

"이 친구를 어디서 만났어?"

차분하고 이지적인 눈매의 그녀, 의미심장한 미소를 띠며 답했다.

"그 가게에서."

○
스페인 커플

라파스, 볼리비아

○

언제나 여자가 있었지

에콰도르의 키토에서 세 남성 여행자들과 이야기를 나누고 있었다. 먼저 덴마크인 닐스가 오게 된 경위를 밝혔다.

"3년 전 파라과이 여자친구를 만났어. 그래서 스페인어 공부를 시작했고 남미에도 오게 됐어. 그런데 여자친구가 작년에 떠나버렸어. 스페인어만 남았지."

그는 키토에서 스페인어를 계속 공부하고 있었다. 라틴 문화와 관련된 사업을 하고 싶어 했다.

미국인 에릭이 입을 열었다.

"난 14년이나 IT업체에서 일했어. 그런데 미국에 금융위기가 닥

쳤을 때 곧바로 해고되고 말았지. 마침 동거 중이던 여자친구가 멕시코인이었어. 그녀가 고향으로 돌아가고 싶다고 해서, 어차피 일자리도 없고 하니 같이 짐을 쌌어. 신기한 건, 그 친구는 올봄 미국으로 돌아갔다는 거야. 멕시코에서 만난 '직장이 있는' 다른 미국 남자와. 그리고 나는 아직 라틴아메리카를 떠돌고 있다는 거지."

에릭은 영어 강사 자리를 구하고 있었다. 몇몇 학교와 접촉을 시도했으나 아직까진 좋은 소식이 없었다.

안데스의 전통 악기인 차랑고우쿨렐레와 흡사한 다섯 줄짜리 작은 기타를 들고 낭만적인 선율을 배경음악처럼 깔아주던 프랑스인 다니엘이 말할 차례였다.

"작년 바캉스 때 아르헨티나에 갔어. 한 달 동안 탱고를 배울 생각이었거든. 정말로 탱고만 배우고 프랑스로 돌아갈 생각이었어. 그런데……"

내가 끼어들었다.

"여자를 만났지?"

다니엘이 끄덕하는 것과 동시에 모두 웃음을 터뜨렸다. 내가 말을 이었다.

"그거 알아? 내가 만난 남자 여행자 대부분이 인생에서 큰 변화를 맞아 길을 떠났어. 그리고 그 변화의 중심에는……"

이번엔 세 남자가 동시에 합창을 했다.

"여, 자, 가, 있, 지!"

○
제리코아코아라, 브라질

○ 시들지 않는 관계에 대하여

•

청춘의 빛나는 사랑을
지속할 수만 있다면.

생의 무게와 시간의 가혹함에
압도당하지 않을 수만 있다면.

시간의 터널 속에서
뒤틀리는 사랑을
부드럽고도 따뜻하게
주무를 수만 있다면.

쥐고 있으면
손 안의 온기에 녹아
새로운 형체로 거듭나는 밀랍처럼

보듬는 대로
애쓰는 대로
흉터가 생긴 사랑을 되돌려
새살로 빚어낼 수만 있다면.

콜롬비아의
시들지 않는 중년 연인들은
그 비밀의 열쇠를
내게 보여주는 듯했다.

남미 여행을 마치고 돌아오니 사람들이 "가장 인상적인 나라가 어디였느냐?"고 묻곤 한다. 대답은 언제나 콜롬비아. 게릴라와 마약으로 악명 높은 그곳에 도착했을 때, 웬걸, 나를 맞이한 것은 '키스'였다. 보이느니 입 맞추는 모습이요, 들리느니 쪽쪽거리는 소리였던 것이다. 택시에 합승이라도 하면, 미터기가 한 번씩 올라갈 때마다 뒷자리에서 한 번씩 뽀뽀하는 소리가 들려왔다.

연인들만 그런 게 아니었다. 아이들 뺨은 이웃과 친지 들의 밀물 같은 뽀뽀로 닳아 없어질 지경이었고, 심지어 중년 부부들도 택시 미터기 못지않은 간격으로 애정 표현을 해댔다. 나 자신, 결혼한 지 14년 차에 접어든 기혼자였기 때문일까? 청춘의 사랑이나 자식

사랑은 인류 공통의 것이므로 그러려니 할 수 있었다. 그런데 식지 않는 '중년의 사랑'만큼은 보고 또 보아도 신기하기만 했다.

예를 들어보자. 콜롬비아 메데인Medellin의 버스 터미널, 한 중년 부부가 이별하고 있다. 머리가 희끗한 남자는 아내의 가슴에 뺨을 대고, 곧 울 것 같은 표정을 짓고 있다. 아내가 아기를 어르듯 남편의 머리칼을 쓰다듬는다.

잠시 뒤 남편이 고개를 든다. 둘은 키스하고 어깨를 끌어안은 채 이야기를 나눈다. 대화 도중, 아기 같던 남편의 표정이 어른스러워진다. 아마도 자식이나 금전 문제 등 부부로서 현실적인 대화를 나누고 있다는 걸 알 수 있다.

그러나 그도 잠시뿐, 둘은 또 키스하고 남편이 아내에게 도로 안긴다. 다시금 아기 같은 얼굴이 되어 아내의 블라우스 소맷단을 만지작거린다. 약 30분 동안 부부는 그러기를 열 번쯤 반복했다. 마침내 남편이 버스에 올라탔다. 고작 네 시간 떨어진 곳으로 향하는 버스에.

그들이 유난스러웠던 걸까? 아니. 나는 걸어서 콜롬비아 국경을 넘었으니, 감히 말할 수 있다. 그러한 풍경은 콜롬비아에서 매우 일상적이다.

우리의 일상적인 풍경을 하나 떠올려보자. 일요일 정오의 감자탕집. 중년 부부가 마주 앉아 '말없이' 식사를 한다. 건져낸 뼈가 수북이 쌓이도록 끝끝내 말없이 식사를 한다. 어느덧 부부의 위는 침묵 속에서도 꾸역꾸역 음식을 소화시켜내는 기술을 터득했다. 하루아침에 되지는 않았을 것이다. 반목과 새로운 시도, 그럼에도 불구하고 이어지는 좌절 가운데 궁여지책으로 터득된 생존 기술일 터였다. 부부의 눈 또한 뛰어난 기술을 습득했다. 마주 앉아 있지만, 완벽하게 상대의 시선을 피하는 법.

침묵과 외면은 인류 역사상 가장 효과적으로 전염되는 질병 가운데 하나이다. 부부가 투명인간이 되어 앉아 있는 동안 사춘기 딸 역시 '말없이' 고개를 숙이고 있다. 밥상 아래 휴대폰을 어루만지며. 친구들에게 바삐 문자를 날리고 있다.

'좀만 기다려. 금방 갈게. 왜케 오래 먹는다니?'

이토록 다른 일상의 풍경을 지녔기 때문일까? 한국에 돌아온 뒤, 중년 기혼자들의 자리에서 오간 대화가 잊히지 않는다. 콜롬비아가 가장 인상적이었다는 말과 함께 내가 버스 터미널의 부부를 예로 들었을 때, 그중 한 명이 확신을 가지고 말했다.

"그건 부부가 아니겠지! 불륜 커플이야!"

"그 커플만 그런 게 아니라니까. 나라 전체가 그렇다니까."

자리에 있던 기혼자들이 1초도 망설이지 않고 결론지었다.

"그럼 나라 전체가 불륜인 거지!"

우리는 생의 어느 지점에서 열정을 잃고 키스를 멈추는가? 젊은 시절 키스 한번 안 해본 사람은 없을 것이다. 그런데 유교적 국가 질서 속에 사는 우리들은 가정을 이루는 동시에 권위와 채신의 옷을 걸친다.

남자는 절대 남성성을 놓지 못하고, 버스 터미널에서 마누라 품에 안겨 아기처럼 우는 일은 가문의 명예를 걸고 있을 수 없다. 어디 이곳에 남자들이 울 시간과 공간이나 제대로 있는가? '전투적으로' 돈 벌어 마누라와 새끼들 먹이고 가르치기도 바쁜데.

반면, 여자는 너무나 쉽게 여성성을 놓아버린다. 짧은 파마머리로 통일하고 무채색의 유부녀 교복을 입는다. 어디 이곳에 남편 머리카락 쓰다듬을 시간이 있는가? 살림하고 투자하고 아이 머리를 쥐어박으며 '전투적으로' 교육에 매진하기도 바쁜데.

요컨대, 개인의 욕구보다 집단의 규범이, 현재의 감정보다 미래의 자산이 승하는 곳에선 남녀관계, 특히나 결혼한 남녀의 관계가 말랑말랑하게 굴러갈 수 없는 법이다.

"결혼하면 열정이 식는 건 당연한 거야. 사랑? 그런 게 밥 먹여 주냐? 열심히 집 평수 늘리고 애 좋은 대학 보내고…… 걍 잔말 말고 정으로 살아!"

이것이 '채신'과 '생산'을 제1순위에 두는 우리 사회의 암묵적 권고이다.

하지만 어느 날 문득, 감자탕을 먹던 중년 부부는 깨닫는다. 그들이 키스는커녕 손이라도 닿으면 화들짝 놀란다는 걸. 자식 얘기를 빼면 대화도 없다는 걸. 심지어 눈도 맞추지 않는다는 걸. 그래도 꾸역꾸역 밥은 잘 넘어간다는 걸.

중년의 위기는 그렇게 시작된다.

콜롬비아를 불륜 국가로 만들고 한바탕 웃었던 날, 나는 함께했던 기혼자들에게 이렇게 말했다.

"열정적인 남미의 라티노들이 가르쳐준 게 있다면 한 가지야. 지금 당장 사랑하라! 남편이 있으면 끌어안고, 아내가 있으면 키스하고, 음악이 흐르면 눈치 보지 말고 같이 춤추는 거야. 힘도 들지 않고 돈도 들지 않아. 한 번뿐인 인생, 벽장 속에 아껴두지 말고 좀 주책없이 살아보는 거야."

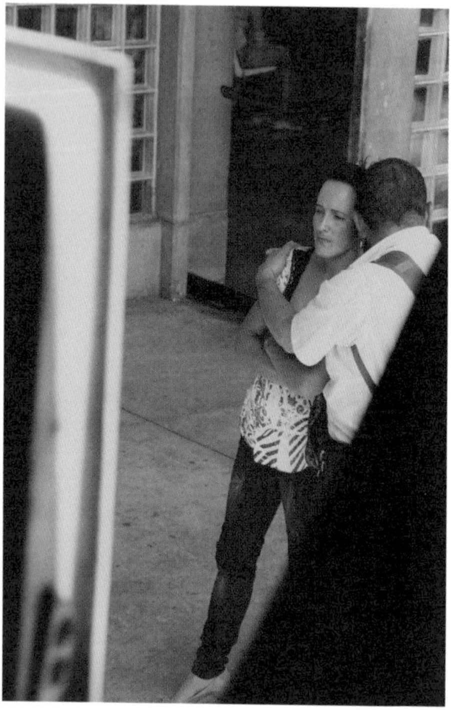

메데인, 콜럼비아

○

결혼반지

•

불가에서는 모든 것은 변하고

변하는 모든 것이 고통의 근원이라고 말한다.

결혼도 예외가 아니다.

사랑해서 결혼했으나

결혼이 사랑을 옭아매고 갉아먹는 데에는

그리 오랜 시간이 걸리지 않는다.

기혼자들은 수천 가지 배우자의 문제점을 들며

그것으로 인해 고통받는다고 호소한다.

그런데 다시,

불가에서는 이 수천 가지 문제들이

단 한 가지 처방으로 해결 가능하다고 말한다.

배우자(뿐 아니라 실은 세상만사)가

'내가 원하는 대로 될 수 없음을 깨닫는 것.'

그러면 나는 이제,

배우자를 바꾸려 들지 않고

내가 그와 조화롭게 공존할 방법을 찾기 시작한다.

배우자를 향한 나의 생각과

배우자를 향한 나의 태도에 변화를 준다.

신비롭게도 그제야 결혼생활에 평화가 온다.

글줄로 적으면 몇 줄 안 되는 원리이나,

이것을 자신의 삶 속에 들이려면

기혼자들은 절절한 패배를 거듭하며 낮아져야 한다.

어마어마한 고통의 시간을 통과해야 한다.

문득 거울을 보면

어느새

중년이 되어 있다.

"네가 대학생 때 나한테 처음으로 준 반지 말이야……"

나는 화장대에 앉아서 침대에 엎드려 있는 남편에게 말했다. 여느 때와 달리, 남편은 얼른 고개를 들었다. 그 얼굴이 사뭇 긴장되어 있다. 내 입에서 '반지' 소리가 나오면 남편은 늘 저 표정을 짓는다. 결혼할 때 모든 예물을 생략했기 때문이다. 결혼반지까지도. 결혼식에 물질적 형식을 최대한 배제하자는 것은 둘 다의 의견이었고 그래서 결혼반지가 없는 것도 둘 다 마찬가지이지만, 반지 얘기가 나올 때마다 긴장하는 건 남편 혼자다.

"그게 지금 봐도 참 예쁘다. 진짜 뭘 모르고 했을 텐데, 우연히 빈티지해서 지금 봐도 디자인이 너무 예쁜 거야."

남편 얼굴이 확 펴진다. 이럴 때 이어질 남편의 멘트를 알고 있다. 20년간 반복되었으나, 반복만 되고 만 멘트다.

"너도 반지 하나 제대로 된 거 있어야지."

남편은 큰맘 먹고 덧붙인다.

"이번이 결혼 20주년인데, 티파니 같은 거 사줄까? 그래도 돼!"

(되긴 뭐가 돼?) 그래서 내 멘트도 20년간 반복이다.

"무슨. 내가 언제 그런 거 좋아했나?"

스무 번의 결혼기념일을 돌아본다.

몇 번쯤은,

그와 침대에서 뒹구는 것이

반지 같은 것보다 훨씬 훌륭했다.

몇 번쯤은,

그가 멋진 반지를 사들고 오지 않을까

내심 기대했다.

몇 번쯤은,

그의 눈썰미로 반지같이 비싼 건
절대 고르면 안 된다고 생각했다.

몇 번쯤은,
그와 관련된 그 어떤 표식도
몸에 지니고 싶지 않았다.

몇 번쯤은,
둘이 커플링을 제대로 맞추고
다시 새로운 시작을 축하하고 싶었다.

그런저런 질곡의 세월을 보냈다. 이 질곡에서 저 질곡으로 오르락내리락하는 사이, 사실 내게 그깟 반지 하나보다 소중했던 건, 남편의 저 변함없이 긴장하는, 무언가를 해주어야 한다는 '연애하는 총각'의 표정이었다.

남편이 첫 반지를 들고 왔을 때를 기억한다. 보석세공사인 동네 형에게 맡겼다고 했다. 그는 스물두 살, 나는 스물한 살이었다. 당연히 귀금속에 대해 아무것도 몰랐다. 우리는 그저 사랑하는 사람과 미래를 언약하는 어른이 되었다는 사실에 가슴 벅찼다. 그 언약 그대로 미래가 굳건하게 펼쳐지는 줄로만 알고 가슴 벅찼다.

그는 한 달간 아르바이트 한 것을 그 반지에 몽땅 쏟아부었다. 나는 그것을 당연하게 생각할 만큼 철이 없었다. 그는 "다음 건 다이아로 해줄게!" 호언장담할 만큼 철이 없었다. 우리는 8년간 연애를 했다. '연애'라는, 세상에서 가장 확실한 바보짓 퍼레이드를 8년씩이나.

여덟 해 동안 했던 뻘짓들을 돌아본다.

툭하면, 울며불며 싸우느라 휴지 한 통 다 썼다.

툭하면, 다시 감격적으로 화해하느라 휴지 한 통 다 썼다.

툭하면, 학교에서 엠티 간다 뻥치고 둘이서 바다를 보러 튀었다.

툭하면, 날이 좋다고 수업을 빼먹었다.

툭하면, 날이 좋지 않다고 수업을 빼먹었다.

그리고 영화관으로, 카페로, 모텔로 갔다.

툭하면, 피임을 시원찮게 하고 마음 졸였다.

연애처럼 적나라한 인간 해부도는 없다. 그렇게 서로의 미세신경까지 체험하고 나서 결혼한 우리는 아들을 낳았을 때 한 가지만큼은 확실히 다짐해두었다. 아들이 어떤 여자를 사로잡고자 할 때, 들여다봐야 속만 터질 그 과정에서 우리는 완전히 빠져주자. 아들이 최선을 다해 바보짓을 하도록. 여자가 감동받는 지점과 남자가 바보가 되는 지점은, 정확히 같기 때문이다.

세월은 무럭무럭 흘러, 어느덧 몇 해 뒤면 아들이 스무 살이 된다. 그때 아들이 한 달간 아르바이트 한 것을 여자친구에게 홀라당 쏟아붓는다 해도, 남편과 나는 모른 척할 의무가 있다. 구질구질하게 내복 같은 걸 기대하며 섭섭해해선 안 된다.

첫 반지 이후로 남편은 두어 번 정도 더 내게 반지를 선물했다. 딱 한 번, 나도 남편에게 반지를 선물한 적이 있었다. 금실반지. 스물세 살 때쯤이었을 것이다. 남편은 한 번도 그 반지를 손에서 뺀 적이 없다. 그래서 그것은 그대로 결혼반지가 되었다. 내가 남편과 관련된 표식은 그 어떤 것도 몸에 지니고 싶지 않았던 때가 있었던 것처럼, 남편도 나와 관련된 표식은 그 어떤 것도 몸에 지니고 싶지 않았던 때가 있었을 텐데, 그는 아둔하게 그 반지를 계속 몸에 지녔다.

…… 그냥 빼는 게 귀찮았을 수도 있다. 그를 꼭 닮은, 조금이

라도 귀찮은 건 하지 않는 아들을 키워보니 그 확률도 꽤 높다. 어쨌든.

어차피 결혼생활이란, 개별적 사후적 의미 부여의 연속이다.

연속적으로 의미 부여를 해야 한다는 것, 그것은 결혼의 잔인한 일면이다. 예를 들면 이런 것. 일주일 뒤, 결혼 20주년에 역시나 남편은 곁에 없을 예정이다. 보름 동안 지구 반대편으로 출장을 간단다. 매우 일관성 있는 사람임이 분명하다. 신혼 때는 고시공부를 한다고 설쳐 나를 외롭게 했고, 아이 자라는 동안은 내내 회사일로 얼굴 보기 힘들었다. 이제는 안다. 결혼 30주년에도, 어쩌면 40주년에도 그는 곁에 없을 것이다. 하지만 이제는 이것도 안다. 그 사이사이, 우리의 관계에 패색이 짙어질 때마다, 남편은 '연애하는 총각'의 얼굴을 다급하게 들이밀며 9회말 막판 도루를 시도할 것이다. 그게 지난 20년간 그가 최선을 다하는 방식이었다. 나는 조금 헐겁고, 조금 맞지 않는 가운데, 그의 빈자리를 독자적으로 메워나가는 것을 새로운 결혼의 의미로 삼았다.

그러하니, 결혼은 또 너그러운 일면이 있다. 그것을 끝끝내 지키려는 자들에게 어떻게든 타협 가능한 공존의 형태를 제시하는 것이다. 내 새로운 결혼의 의미 역시 애초에 내가 꿈꿨던 결혼의 의미와는 아주 다른 것이다. 그러나 지키고자 하는 영역이 분명했기에, 그 달라진 모습조차 새로이 사랑해내는 법을 배우고야 말았다. 기분 더럽나? 더럽다. 그래서 후회하나? 후회 안 한다. 지키고자 했던 건 지켜졌다. 때론 간을 지키기 위해 간 절반을 잘라내야 하는 법이다. 인생이라는 험난한 여정의 중반에 이르면, 우린 그런 '수술'도 '감사'라는 이름으로 끌어안아야 함을 겸허히 배운다.

며칠 전 둘이서 결혼기념일을 앞당겨 축하하는 저녁식사를 했다. 우리는 조용한 레스토랑에 마주앉아 "변함없이 사랑한다" "그동안 함께 해주어 고맙다" 따위의 말은 하지 않았다. 우리는, 말하자면 결혼생활의 프로들이었다. 잘 알고 있었다. 다시 박 터지게 싸우는 날이 있을 것이다. 내가 저런 인간과 20년 넘게 살다니, 미쳤지, 미쳤어, 또 발등을 찧을 날이 있을 것이다. 그런가 하면 20년의 지혜로 싸우지 않고 넘기는 날도 있을 것이다. 긴 세월 공들였더니 인간 되었다며 스스로 대견할 날도 있을 것이다. 그렇게 계속 살아갈 것이다. 그래서 우리는 "앞으로는 절대 싸우지 말자" 따위의 말도 하지 않았다. 다만 나는 평소에 잘 끼지 않던 그 첫 번째 반지를 끼고 나갔다. 다만 그는 평소에 잘 찍지 않던 나이 먹은 색시의 사진을 계속 찍어댔다.

그리고 마지막으로, 우리는 서로 손을 잡고 오래된 두 반지를 찍었다.

군 입대,

제대,

취업,

임신,

출산,

입학,

졸업,

입원,

퇴원,

여행,

실직,

재취업,

사춘기,

칠순 잔치,

팔순 잔치……

많은 일들이 지나갔다. 금이든 은이든 다이아든, 반지 같은 건 그 '지나간 일들'과 아무 상관도 없었다. 또 많은 일들이 지나갈 것이다. 그때에도, 정말이지 반지 같은 건 아무 상관도 없을 것이다.

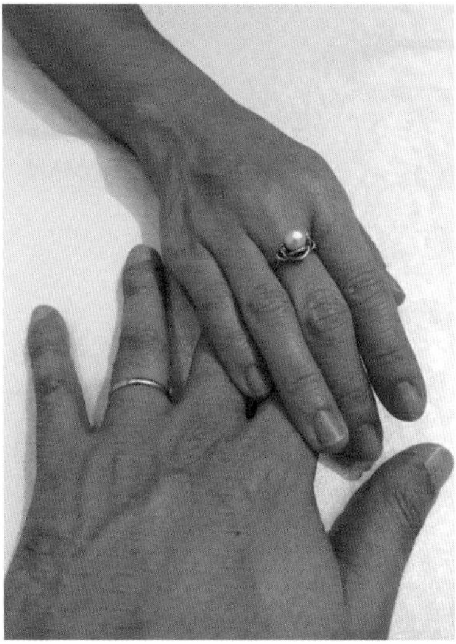

○

가화 김밥

•

생을 살아낸다는 것은
새로 만들어진 몸에 상처를 내고
탄력을 잃어간다는 것.
상처만큼의 교훈을 얻고
잃어버린 탄력만큼 경험을 축적한다는 것.

얻는 만큼 잃어버린다.
잃는 만큼 얻는다.

그 간결하지만 예외 없이 고단한 셈을
처음부터 끝까지 함께해준다는 것.

젊고 서툴게 시작하여
쓰디쓴 경험 속에 배려하는 법을 배우고
제 살을 깎아내듯 기대치를 낮추고
낮은 곳에서의 소소한 행복과
평범함의 숭고함을 배우며 늙어가는 과정.

그 모든 과정을 통과해내고도
여전히 스무 살 처녀 총각들처럼
사랑스럽게 마주 미소 짓는 노부부의 모습을 보면
생의 챔피언 같다.

쇠에서 금을 정련해내는 연금술사처럼
똑같이 한 번씩만 주어졌던 기회로부터
가장 아름다운 '동반'을 이끌어낸
생의 챔피언들.

음성의 검박한 분식집에서
금처럼 반짝이는 챔피언들을 만나리라고
나는 예상조차 하지 못했다.

해 질 녘이었다. 음성의 자그만 시외버스 터미널에서 서울행 버스를 기다리다 출출해져 분식집으로 들어갔다. 가화 김밥. 새로 문을 연 듯, 간판뿐 아니라 가게 안쪽 구석구석까지 깨끗하게 반짝였다. 김밥을 한 줄 주문해놓고 밖을 보고 앉았다. 분식집 앞 인도에는 휠체어가 하나 있었다. 할아버지가 앉아 계셨다. 눈처럼 흰 붕대를 왼팔과 양다리에 감고서.

슬리퍼를 신은 할머니가 바삐 걸어와 할아버지 앞에 꿇다시피 앉았다. 그러고는 희디흰 붕대에 무슨 먼지가 있다고 몇 번 털었다. 할아버지 모자의 챙도 매만지고, 이미 깔끔한 옷매무새도 다시 고쳐주었다. 그동안 할머니는 연방 깔깔대며 할아버지에게 말을 걸었다. 그때마다 할아버지는 굳어 잘 움직이지 않는 얼굴 근육을 조금씩만 움직여 설핏 웃었다.

지나가던 또 다른 할머니가 걸음을 멈췄다. 친구인 듯했다.

"좀 좋아졌는가?"

슬리퍼 할머니가 할아버지의 어디가 얼마큼 좋아졌다고, 매우 자랑스러운 어투로 말했다. 친구 할머니가 끄덕끄덕했다.

"거 참 고맙구먼."

슬리퍼 할머니가 그 말을 받았다.

"그럼, 참 고맙지."

두 할머니가 대화하는 동안 할아버지는 가만가만 듣고만 있다가, 잠시 뒤 회복을 증명이라도 해 보이듯 힘겹게 일어서기 시작했다. 매우, 매우 힘겹게 두 걸음을 뗐다. 친구 할머니가 입을 쩍 벌리며 지켜보았다. 슬리퍼 할머니도 입을 쩍 벌리며 박수를 쳤다.

할아버지가 도로 휠체어에 앉았을 때 친구 할머니가 다시 말했다.

"거 참 고맙구먼."

이어지는 슬리퍼 할머니의 답.

"그럼, 고맙고 말고지."

분식집 아가씨에게 물었다.

"저 할아버지는 언제 저리 되셨어요?"

"저 할아버지요?"

아가씨가 웃었다.

"왜요? 울 아부지신데."

"아하, 그러세요? 두 분 금슬이 너무 좋아 보여서요. 할머니께서 참 지극정성이시네요."

"예. 아부지가 2년 전에 다치셨는데, 그동안 울 엄니가 참 애 많이 쓰셨죠."

"2년 전이요?"

2년이면 자그마치 730일이다. 지금도 저렇게 살뜰히 할아버지를 매만지는 할머니는 730일 동안 대체 몇 차례나 붕대를 어루만졌을까? 몇 차례나 할아버지의 옷매무새를 바로잡았을까? 몇 차례나 그 옷에 묻은 얼룩을 닦고 분비물을 빨아냈을까? 그리고 또 몇 차례나……

집안에 1년만 아픈 사람이 있어도, 그 집은 풍비박산 나기 십상이다. 경제적 부담으로 기울고, 심적 부담으로 상해간다. 경우에 따라 경제적 여유가 있다고 해도, 심적인 부담으로부터 자유롭긴 어려운 일이다. '회복'이라는 건 기껏 좋아져봐야 예전 그대로 되는 일이기 때문이다. 거대한 인내를 요하는 지루하고도 비효율적인 과정이다. 예전보다 더 크고 튼튼해지는 '성장'과는 다르다. 성장은 하루도 쉬지 않는데, 회복은 보이는가 하면 도로 숨어버린다. 그래서 우리는 성장하는 아기의 똥기저귀를 몇 년씩 갈면서도 지치지 않지만, 어르신의 회복을 위해서라면 화장실 앞까지 부축하는 일만으로도 한 달 만에 지쳐버린다. 그런데 할머니는 할아버지의 회복을 아기의 성장처럼 대하고 있었다. 짱짱한 미래를 지닌 아기 입에 밥을 떠 넣듯 할아버지를 바라보며 "고맙고 말고지" 하고 있었다.

어쩌면 '가화 김밥'은 '가화만사성'에서 따온 이름인지도 모르겠다. 그러므로 이 가게는 앞으로 만사형통일지도 모르겠다. 그런 생각을 하며 딸에게 털어놓았다.

"정말 감동했어요. 그토록 오랫동안 병구완을 하셨는데, 어떻게 저리 밝으실 수가 있죠? 굉장히 좋아 보여요."

"원래 젊으셨을 때부터 사이가 좋으셨어요. 아부지도 엄니한테 잘하셨고, 엄니도 바로 저렇게……"

딸이 담담히 미소 지으며 김밥을 말았다.

화분이든, 강아지든, 사람이든, 지극정성으로 '돌봄'을 받는 것들은 윤이 난다. 이제 새로 태어난 아기처럼 윤이 나는 할아버지의 얼굴은, 마치 우리가 어제 다친 사람에게 가질 만한 열의로 할머니가 지난 2년간 지치지 않고 윤이 나게 돌보았다는 것을 말해주고 있었다. 그리고 이제 할머니는 할아버지가 두 걸음만큼 회복되어 고맙다며 박수를 친다.

잠시 후, 김밥을 다 먹고 일어섰을 때 할머니가 휠체어를 밀고 들어오셨다. 내겐 마음이 데워지면 그 자리에서 무엇이라도 꺼내 나누지 않고는 못 배기는 성격이 있다. 가방 안을 더듬어보았다. 쓸 만한 것은 사과 하나뿐. 다행히 사과가 귀한 계절이었고, 마침 그 사과는 빨갛고 탐스러웠다. 나는 할머니께 사과를 내밀었다.

"할머니, 너무 아름다우세요."

"엥? 내가?"

할머니가 까르르 웃었다. 딸도 사과를 보고 같이 웃더니, 내게 기분 좋은 말을 해주었다.

"나는 울 엄니가 아름답다고 하는 언니가 아름답네요."

한꺼번에 웃었다.

할머니가 예쁘게 사과를 깎아 접시에 올려 할아버지께 먼저 두 조각을 드렸다. 그중 한 조각은 포크에 찍어 할아버지 손에 쥐어 드렸다. 내가 극구 사양하여, 남은 두 조각은 할머니와 딸에게 하나씩 돌아갔다. 할아버지는 영문도 모르고 사과를 맛나게 드셨다. 할머니는 이렇게 단 사과는 처음이라면서 또 까르르까르르 했다.

어둠이 내렸다. 터미널 안으로 서울행 버스가 들어왔다. 나와 몇몇 사람들이 자리를 찾아 몸을 부렸다. 창밖은 매우 평범한 소도시의 밤 풍경이 되었다. 노래방의 네온, 약국 간판의 큼지막한 고딕체, 떡볶이 포장마차에 몰려든 여고생들, 검은 비닐봉지에 소주를 들고 가는 사내, 그 뒤를 묵묵히 따라가는 동남아에서 온 아내…… 그다지도 평범한 일상의 풍경 속에 그다지도 비범한 사랑이 숨바꼭질하듯 숨어 있다는 것에, 문득, 목이 메었다.

길 위에서 언제나 다시 깨닫는 것. 함부로 지나쳐도 되는 풍경은 없다. 풍경 안에 놓인 작은 고양이 하나, 깨어진 장독 하나, 취해 넘어진 이 하나, 함부로 스쳐가도 좋은 것은 없다. 모두가 진한 사연의 귀한 주인공들이다.

아름다운 사람이 된다는 것은, '스스로' 부여한 아름다운 역할을 충실히 해나간다는 것과 동의어일 것이다. 어떠한 상황에서도 까르르까르르 박수를 치며 고맙다고 하는 것. 시간과 품과 진심을 온통 내어주고도, 고스란히 받아주니 고맙다고 하는 것. 1년에 한 걸음씩만 내딛더라도 더 나빠지지 않아 고맙다고 하는 것. 고맙다는 것의 참뜻, 아마도 그런 것인가 보다.

다시 평범한 창밖을 보니, 온통 고마운 세상이었다.

바리차라, 콜롬비아

○ 30년째 짓는 집

•

우리가 최초로
사랑을 배우는 시기는 유년이며
그 학교는 가정이다.

최초의 사랑이 상처로 남아 있을 때
우리는 어떻게 삶과 투쟁하고 화해하는가?

브라질의 리우데자네이루에서 만난 밥은
옹이가 가득한 늙고 커다란 나무 같았다.

어둠 속으로부터 도망쳐
더 높은 곳의 빛을 받기 위해
위로 위로 새로운 가지를 만들어 뻗어야만 했고
과거의 가지들은 그늘에 덮이고 썩어
옹이가 되었다.

밥은 그래서,
단단했다.

남달리 빛을 주물러
주변을 환하게 할 줄 알았다.

그 나무의 가장 환한 꼭대기,
거기에 그의 마지막 사랑,
말루가 있었다.

"젠장, 택시비가 45헤알1헤알=약 300원이나 나왔네."

그래도 택시 외엔 달리 방법이 없었다. 브라질 리우데자네이루의 공항에 도착한 것은 이미 어둠이 내린 저녁이었고, 예약한 숙소는 치안이 나쁘기로 소문난, 리우에서도 다들 가지 말라는 파벨라달동네 꼭대기에 있었으니까.

구불구불한 길을 한참이나 올라온 택시가 가방을 토해놓고 떠나버렸을 때, 골목의 사람들은 우리를 주시하고 있었다. 웃통을 벗은 흑인 남자가 대부분이었다. 남자들은 이미 거나하게 취한 채 맥주병을 들고 있었다. 란제리에 가까운 차림의 여자들이 그들 사이에서 역시 취한 눈으로 우리를 살폈다. 축구강국답게 골목이 떠나갈 정도로 볼륨을 높인 축구중계가 집집마다 한창이었다. 너저분한 쓰레기가 길가에 널려 있었고 원색적인 속옷 빨래가 창문마다 매달려 있었다.

우리가 찾는 숙소의 이름은 '메이즈Maze'였다. 미로라는 뜻이었다. 메이즈의 주인은 30년째 그 건물을 짓고 있다고 했다. 그리고 그 건물의 구조는 정말로 '미로'라고 했다. 그러나 아무리 둘러보아도 좀체 미로를 연상시키는 특이한 건물은 눈에 띄지 않았다. 술꾼으로 가득한 브라질 빈민촌에 밤늦은 시각 제 발로 기어들어와 있을 뿐!

그런데 자세히 보니 전신주에 자그맣게 'MAZE'라는 이름과 화살표가 붙어 있었다. 그 골목으로 들어갔다. 대체 어디야, 싶을 때마다 다시 자그만 표지판이 나타났다. 굳이 미로를 찾아갈 필요도 없는 게, 그 골목 자체가 미로였다. 때로는 한 사람이 간신히 통과할 정도의 너비였고 고작 그 정도의 너비에도 세 갈래의 골목이 숨어 있곤 했으니까.

공포와 스릴 사이엔 과연 무엇이 있을까? 아마도 표지판이 있을 것이다. 그것을 다가올 희망의 표식으로 삼아, 나는 '골목홀릭'답게 그 두려운 와중에도 바투 붙은 창문 안쪽 리우의 일상을 스릴 넘치게 훔쳐보았다.

메이즈의 입구는 불마저 꺼져 있었다. 묵직한 철문을 밀고 들어갔지만, 안쪽도 어두웠다. 조명이라고는 텔레비전에서 나오는 여린 빛뿐이었다. 한 여자가 우리를 발견하고 소파에서 일어났다. 가녀린 몸에 허리 아래까지 오는 긴 머리를 한 여자의 실루엣, 말루였다.

"밥, 손님이 오셨어요."

그러자 어둠 속에서 육중한 누군가가 힘들게 몸을 일으키는 것이 느껴졌다.

"오, 지저스……! 오신 건가? 난…… 어제인 줄 알고 기다렸었는데."

반쯤 잠에 취한 목소리였다. 말루가 불을 켰다. 갑작스레 공간의 실체가 드러났다. 홀처럼 생긴 그곳 오른편에는 무대가 있었고 키보드와 드럼, 기타 등 악기가 놓여 있었다. 무대 너머로는 식당이었고 그것은 곧장 발코니로 연결되었다. 유리창조차 없이 동굴처럼 뚫려 있는 발코니 밖으로 저 멀리 리우의 아름다운 밤바다가 펼쳐졌다. 그 밤바다까지 시선이 닿으려면 벽마다 걸려 있는 밥의 대담한 그림들을 훑어야 했다.

"앉으세요."

말루의 말에 얼떨결에 앉은 소파에는 두 명의 아이들이 더 드러누워 텔레비전을 보고 있었다. 여덟 살 에릭, 그리고 중빈과 동갑내기인 열 살 루시였다. 텔레비전에선 〈토이 스토리 3〉가 한창이었다.

"뭐 좀 마실래요? 피자라도?"

테이블에는 먹다 남은 커다란 피자 몇 조각이 식어가고 있었다. '이게 지금 어떤 상황이지? 식어빠진 피자를 먹고 돈을 내란 소린가? 아님, 순수한 권유?' 벌써 한 달째 남미의 온갖 숙소를 드나들며 산전수전에 공중전까지 다 겪은 중빈도 똑같이 헷갈리는 모양이었다. 내 귀에 대고 속삭였다.

"엄마, 아무래도 우리 잘못 들어온 것 같아. 여긴…… 호스텔이 아니라 가정집 같은데?"

마법은 그때부터 시작되었다. 바로 그 자리에서 점화된 대화가 두 시간 넘게 타올랐던 것이다. 우리는 장거리 이동 때문에 이미 녹초가 되어 있었는데도. 밥은 자다 일어나 뒤통수가 납작한 헤어스타일을 하고 거대한 체구에 큰 눈을 굴리며 시종일관 유쾌하게 대화를 이끌었다. 아이다운 상상력과 유머감각으로.

"JB, 이곳이 미로라곤 하지만, 자기 방에 들어가는 가장 쉬운 방법은 똑같아. 옆방으로 가서 '실례합니다!' 하고 망치로 벽을 부수는 거야. 아님, 아랫방으로 가서 '실례합니다!' 하고 천장을 때려 부수는 방법도 있지."

그러면 중빈이 웃으며 쓰러졌다.

두 시간 뒤, 마침내 어른들은 하품을 하기 시작했지만, 아이들은 이제야 좀 친해졌다는 듯 때늦은 공놀이를 시작했다. 공은 우리의 머리를 넘나들다가 마침내 밥의 그곳에 명중했다. 눈알이 튀어나오고 혀를 빼문 밥의 시체 시늉에 아이들이 깔깔거리고 낄낄거렸다. 고양이 '미스터 빈'이 도저히 못 견디겠다는 듯 소파에서 도망쳐 어딘가로 사라져버렸다. 공놀이가 계속되는 동안, 말루가 나를 데리고 미로 여행에 나섰다. 나무계단을 따라 올라가면 3층이었다. 사다리를 밟으면 숨겨진 2.5층이었고, 4층에는 어떻게 도착했는지 기억조차 나지 않았다. 정말로 흥미진진한 공간이었다. 방마다 리우의 바다를 볼 수 있도록 섬세하게 창문의 위치가 고려되어 있었다. 네모반듯한 공간은 하나도 없었다. 손님들은 방에 가기 위해 두세 개의 통로 가운데 마음에 드는 것을 선택할 수 있었다.

바다가 보이는 3층 베란다에 서서 말루가 옆집 건물을 가리켰다.

"저는 저 옆집에 살았어요. 어릴 적부터 밥이 메이즈를 짓는 걸 보았죠. 결국 이리로 들어와 살게 될 줄 그땐 꿈에도 몰랐어요."

나중에 밥은 그 부분에 대해 이렇게 부연했다.

"오, 말루는 너~무나 수줍음을 탔어요. 그녀의 목소리를 한 번이라도 들으려면 얼마나 많은 공을 들여야 했다고!"

20대가 된 말루는 자신의 나이보다 오랜 세월 집을 짓고 있는 50대의 남자에게 결국 호기심을 느끼고 말았다. 그리고 사랑이 시작되었다. 말루가 리우의 밤바다 쪽으로 얼굴을 향한 채 말을 이었다.

"내가 루시를 임신했을 때 밥이 '그럼 이 미로에 아기방을 추가해야겠군' 하고 말했어요. 하지만 아기방은 만들지 않고 계속 다른 걸 하는 거예요. 집의 계단을 손보고 그림을 그리는 일 같은 거요. 결국 둘째 에릭이 태어나도록 아기방은 완성되지 않았어요. 집을 짓기 시작한 지 25주년이 되도록요."

"저런."

"친구에게 전화를 걸어 25주년 축하파티에 오라고 했어요. '무슨 25주년?' 하고 묻더라고요. '집 짓기 시작한 지 25주년 기념 파티야' 하고 말하자 친구가 그러더군요. '그건 울 일이지 축하할 일은 아니잖아?'"

우리는 함께 웃었다. 그렇다. 남자들은 언제나 많은 '약속'을 한다. 그리고 여자들은 언제나 '기대'를 한다. 철없는 약속과 천진한 기대 사이에 자리하는 '현실'이 아마도 아이들일 것이다.

날이 밝았다. 미로에서의 첫 아침. 눈을 뜨자, 사다리꼴 방의 사다리꼴 천장이 시야에 들어왔다. 벽에 걸린 밥의 그림이 그다음이었다. 열정적인 구도와 색상, 매우 밥다운 그림이다. 커튼을 젖혔다. 호주의 시드니, 이탈리아의 나폴리와 함께 세계 3대 미항이라 불리는 리우의 햇살이 방 안을 가득 메웠다. 유리문을 열자, 구불구불한 통로가 테라스로 이어졌다. 저 멀리 바다를 향해 탁 트인 테라스였다. 맨발로 그곳까지 걸어가면 뜨거운 햇살이 이두박근 삼두박근 가득한 팔로 나를 꽉 끌어안았다. 그리고 자신 있게 말했다.

"자, 여긴 브라질이야. 그중에도 리우라고!"

테라스 아래로는 파벨라의 꼭대기까지 오종종하게 들어찬 집과 골목이 있었다. 골목에 걸린 초록과 노랑이 어우러진 브라질 국기가, 새로 널어놓은 빨래가 저 멀리 해변에서 불어오는 짭조름한 미풍에 흔들렸다. 관광지로서 보기 좋게 코팅된 리우가 아니라, 살아 있는 리우의 맨살이었다.

아침을 먹으며 밥이 말했다.

"내가 살던 영국에서 이런 전망은 백만장자나 가질 수 있어요. 하지만 브라질에선 돈 대신 다른 게 필요하죠. 총이라든가, 비타협이라든가."

실제로 밥은 메이즈가 위치한 파벨라를 지키기 위해 한때 동네 사람들과 총으로 무장하고 부패한 경찰들과 장기간 대치했었다. 당시만 해도 파벨라는 부패경찰들이 '거둬들인' 물품을 숨겨두기 좋은 산꼭대기 빈민촌에 불과했기 때문이다. 그들은 물품을 숨겨둘 뿐만 아니라, 주민들을 상대로 온갖 만행을 저질렀다.

어느 날 한 경찰이 세 살배기 아기 입에 총을 넣고 "총알을 잘 삼키나 볼까?" 킬킬거렸을 때, 그리고 그 아기의 부모가 그날로 짐을 싸 줄행랑을 쳤을 때, 밥은 카메라와 총을 들고 싸움을 시작했다. 그가 BBC 방송국의 브라질 특파원이었기에 경찰들도 밥을 함부로 할 수는 없었다. 밥은 주민들과 연대하여 끈질기게 저항했다고 한다. 마침내 악당들을 몰아낼 때까지.

악당들의 아지트에는 오늘날 특수경찰청이 들어서서 급격히 변모한 브라질의 모습을 보여주고 있었다. 특수경찰청 덕분에 현재 메이즈가 있는 파벨라는 리우에서 드물게도 매우 안전한 달동네가 된 것이다. 브라질의 살인율은 한때 어마어마했다. 불과 90년대만 해도 상파울루에서는 한 달에 700명이 사망했고, 그중 20퍼센트 정도가 경찰의 손에 죽었다. 최근 몇 년 사이 총기 규제 및 경찰력 강화에 힘입어 살인율은 급격히 떨어졌다.

레퍼토리가 변화무쌍한 밥은 부패경찰 이야기 뒤에 곧바로 익살을 부렸다.

"JB, 어서 먹어. 오늘 아침은 조각내서 버터를 바르고 허브에 절인 우리의 가여운 고양이 미스터 빈이야."

말루가 계란 프라이를 내오자 밥이 경악하는 표정에 이어 우는 시늉을 했다.

"오오, 불쌍한 미스터 빈. 결국 말루가 노란 눈알까지 프라이로 튀겨버렸군. 하지만 고양이 눈알처럼 맛있는 게 또 있을까?"

그러고선 포크로 노른자를 콕 찍어 입에 넣었다. 미스터 빈은 허구한 날 반복되는 주인의 익살을 완전히 개무시, 아니, 고양이무시했다. 테라스에 웅크린 채 검은 꼬리를 우아하게 늘어뜨리고 저 멀리 바다를 내려다보면서.

식탁은 풍성했다. 정물화 속의 과일들처럼, 커다란 바구니에 망고와 사과, 바나나와 파파야가 가득 담겨 있었다. 누구라도 원하는 과일을 꺼내 깎아 먹으면 되었다. 빵 한 쪽을 더 주면서 벌벌 떠는 여느 호스텔과는 완전히 달랐다. 새로 구운 시폰 케이크도 있었고, 햄과 치즈, 부드러운 크루아상도 자연스러운 간격으로 놓여 있었다. 자연스러운 간격, 그것은 메이즈의 특징이기도 했다. 메이즈의 실내는 다른 호스텔처럼 정리되어 있지 않았다. 물건들이 만나고 흩어져 있는 정도가 매우 'Jazzy'했다. 실제로 그곳에선 매달 재즈파티가 열린다. 누구라도 그 무대에 올라 악기를 연주하거나 노래를 부를 수 있다고 한다. 실력에 상관없이.

우리는 투숙객처럼 행동할 필요가 없었다. 사과를 하나 들고 구석 소파에 기대앉아 잡지를 읽어도 좋았고, 미스터 빈을 쓰다듬으며 놀다가 자리로 돌아와 차를 마셔도 좋았다. 내 식탁 같았다. 조금 어질러놓은 내 집 같기도 했다. 그래서 메이즈에서 리우를 내려다보고 있노라면, 저 유명한 예수석상을 꼭 가서 봐야 하나 하는 회의가 들었다. 우리가 집 바로 옆에 있는 관광지나 사찰에는 무심하듯.

우리는 아침마다 "오늘은 꼭 일찍 나가서 리우를 구경하자" 다짐했다. 하지만 밥과 한 테이블에 앉으면…… 점심때까지 그에게 자발적으로 붙잡혀 낄낄거리게 되곤 했다. 밥의 익살 하나하나에 배를 쥐고 호흡곤란 지경으로 헐떡거리는 건, 물론 나보다 중빈이었다. 어느 날 밥이 중빈을 위해 노래 불렀다.

파리를 삼킨 할머니가 있었어.

왜 파리를 삼켰나 몰라.

아마 돌아가실걸.

거미를 삼킨 할머니가 있었어.

거미가 속에서 꿈틀꼬물꿈틀댔어.
파리를 잡으려 거미를 삼킨 거야.
아마 돌아가실걸.
새를 삼킨 할머니가 있었어.
바보같이, 새를 삼키다니!
새를 삼켜서 거미를 잡으려 했어.
속에서 꿈틀꼬물꿈틀대는 거미를 말이야.
파리를 잡으려 삼켰던 거미를 말이야.
파리를 왜 삼켰는지 몰라.
아마 돌아가실걸.
고양이를 삼킨 할머니가 있었어.
상상해봐.
고양일 삼켰다고.
새를 잡으려 고양일 삼킨 거야.
거미를 잡으려 새를 삼킨 거고.
안에서 꿈틀꼬물꿈틀대는 거미 말이야.
파리를 잡으려고 삼킨 거미 말이야.
왜 파리를 삼켰나 몰라.
아마 돌아가실걸……

이어 할머니는 고양이를 잡으려 개도 삼켰다. 개를 잡으려 염소를 삼켰고, 염소를 잡으러 마지막으로 커다란 말을 삼켰다. 노장 가수 밥은, 이 길고도 헷갈리는 노래를 숨도 안 쉬고 끝까지, 완벽하게 불렀다. 이렇게 노래가 끝을 맺었다.

"물론, 할머닌 돌아가셨지!"

중빈이 벌떡 일어나더니 감동에 떨며 기립박수를 쳤다. 밥이 입가에 방금 먹은 빵가루를 묻힌 채로, 마치 턱시도를 입은 가수처럼 한 팔을 벌리고 허리를 90도로 굽히고서 정중하게 인사했다. 중빈이 바로 가사를 바꿔 불렀다.

"밥 아저씨를 삼킨 할머니가 있었어. 오, 이런! 분명히 돌아가실걸!"

밥이 지지 않고 응수했다.

"불쌍한 JB를 삼킨 할머니가 있었어. 오, 이런! 난 그 할머니가 JB보다 더 불쌍해!"

중빈이 맑은 웃음을 터뜨리며 데굴데굴 굴렀다. 떠들고 장난치기 좋아하는 이 두 남자에게는 반세기도 넘는 시간 차를 극복하고 매우 독특한 우정이 싹트고 있었다.

저녁에 돌아오면 밥이 중빈에게 시작했다.

"JB, 네 침대에 악어가 누워 있더라."

"그래요? 용은 없던가요?"

"글쎄, 잘은 모르겠지만, 악어가 그 용 때문에 죽어서 누워 있는 것 같더라."

"치워야겠네요."

"이제부턴 용 훈련 매뉴얼이 필요할 게다."

둘은 웃지도 않고 그런 사차원 대화를 진지하게 나누곤 했다. 에릭이 중빈의 이름을 부르며 공놀이하자고 뛰어올 때까지.

BBC 기자로 일하기 전에, 밥은 영화판에서 미술감독으로 일했다. 스탠리 큐브릭의 영화 〈2001 스페이스 오디세이〉에서 조각을 담당했던 것이 그의 첫 작업이었다. 당시 그는 원치 않는 새 직장으로 출근할 예정이었다. 그러다 신문에서 큐브릭이 새 영화 제작을 앞두고 스태프를 모집한다는 광고를 보고 곧바로 큐브릭에게 가서 일을 달라고 했다. 그때 이미 큐브릭은 세계적인 감독이었는데도, 해당 분야에 아무런 경력도 없이. 재능은 재능을 알아보는 것일까? 큐브릭이 피식 웃으며 밥에게 말했다.

"넌 미친놈이야. 그러니 널 고용하지."

밥의 담대함이나, 멈추지 않는 유머감각, 남다른 재능 뒤에는 믿기 어려운 유년이 있었다.

"나는 언제나 아버지로부터 맞았어요. 의식을 잃을 때까지 맞은 적도 여러 번이었죠. 공부를 하면서도 맞았어요. '내가 공부하라고 할 때만 공부하랬잖아!' 하면서 때렸죠. 한번은 사립중학교 입학시험을 보았어요. 왕족들도 다니는 명문 사립학교였어요. 그런데 런던 교육청에서 아버지에게 전화를 걸어와 시험에 대해 얘기할 게 있다면서 3주 뒤에 만나자고 했어요. 그 3주 동안 매일매일 피 터지게 맞았죠. 그는 내가 커닝을 해서 사람들이 부르는 거라고 생각했어요. 3주 내내 하루도 빠짐없이 얻어맞은 뒤 아버지와 교육청으로 갔죠. 그들이 말했어요. '당신 아들은 열한 과목 모두 만점입니다. 처음 있는 일이어서 예까지 오시라고 했습니다. 학교에서 전액 장학금을 지급할 예정입니다.' 아버지가 망설임 없이 답했어요. '애 형도 이 학교를 나오지 않았소. 그러니 애만 보낼 수 없소.' 돌아오면서, 그는 미안하단 말 같은 건 하지 않았어요. 그 뒤로도, 단 한 번도."

'미안하다'는 말로 치유되지 않은 상처는 언제나 날것이다. 상처받았던 순간에 대해 스무 번, 백 번 반복해서 이야기했다 해도, 그동안 이야기하는 사람이 예순을 훌쩍 넘겼다 해도, 여전히 날것의 아픔으로 이야기하는 사람의 눈을 충혈되게 한다. 그리고 똑같은 아픔이 듣는 이에게도 스며든다.

"열일곱 살 때였어요. 비가 오는 날이었죠. 아버지의 시선을 피해서 헛간에서 공부를 하고 있었어요. 그가 나를 찾아냈어요. 그리고 벽돌을 던졌죠. 귀가 찢어졌고 피가 흘렀습니다. 그때 나는 이미 아버지보다 덩치가 컸어요. 그에게 경고했죠. '한 번 더 던진다면, 당신 정수리에 도로 던지겠어!' 그가 두 번째 벽돌을 던졌어요. 그게 땅에 떨어지자마자 주워서 그의 정수리에 맞췄어요. 그대로 집을 나왔고 다시 돌아가지 않았죠."

그러나 그는 딱 한 번 아버지를 찾은 적이 있다. 아들이 생긴 후 아버지에게 손자를 보이기 위해서였다. 아버지가 된 후 '부성'이라는 것에 대해 깊이 고민했을 것이고, 아들에게는 할아버지의 존재를 알려주고 싶었을 것이다. 무엇보다도 그는 회복하고 싶었을 것이다. 망가진 것을, 혹은 되려다 만 것을. 그러나 아버지는 조금도 변화하지 않은 예전 그대로였다. 손자와 할아버지와의 만남은 결국 한 번으로 끝이 났다. 벽돌에 맞아 귀가 찢어진 대목보다, 아들을 데리고 가서 또 한 번 거부당한 대목에서 나는 물살이 모조리 빠져나가 되돌아오지 않는 펄 같은 황량함을 느꼈다. 전자에는 아직 미래가 있었지만, 후자에는 남은 미래가 없는 까닭이었다. 이제 회복은 불가능하다. 그 마지막 만남에 대해 말하고 나서, 밥은 시선 둘 데를 찾지 못하고 천장 쪽을 두리번거렸다. 그때 테이블 너머로 건너가 그를 안아주지 못했던 것이 지금도 후회로 남는다.

폭력적인 가정에서 자라난 사람이 반드시 폭력적인 가장이 되지는 않는다. 하지만 깊은 상처를 안고 행복한 가정을 이루기란 쉽지 않은 일이다. 상처는 아물지 않았고 사랑은 학습되지 않았으므로. 밥에게는 몇 번의 이혼이 있었다. 그때마다 삶의 터전을 송두리째 바꿨다. 마침내 수줍음 많고 헌신적인 말루를 만날 때까지.

"누군가 10년 전에 내게 '다시 시작해봐. 10년이면 새로운 가정을 이룰 수 있을 거야'라고 말했다면, 난 말도 안 된다고 생각했을 거예요. 그런데 그렇게 되었죠. 매일 아침 말루를 보면서 난 생각해요. 이건 기적이야!"

밥이 처음으로 말루를 외신기자 파티에 데려갔을 때, 그녀는 스물일곱 살이었다.

"거기서, 말루는 여왕이었어요."

밥이 자랑스러운 얼굴로 회상했다.

"그런데 다음 날 편집장이 나를 불러 다그쳤죠. '어떻게 이런 일이 있을 수 있나요? 열네 살밖에 안 된 여학생을 감히 그런 자리에 데려오다니!' 내가 대답했어요. '첫째, 내가 어떤 여자를 데려가

든 그건 당신이 참견할 바가 아니오. 둘째, 보도를 업으로 삼는 사람으로서 당신은 해선 안 될 일을 했어요. 엉터리 정보수집으로 상황을 판단했군요. 그 여자는 이미 서른 살에 가까워요. 셋째, 그 여자는 나와 결혼할 여자요!' 그날 이후 편집장은 내게 두 달 가까이 사과를 했어요. 하하!"

아버지로부터 받은 상처를 이야기할 때마다 똑같은 아픔을 느끼듯, 밥은 말루에 대해 이야기할 때마다 똑같은 행복을 느끼는 듯했다. 그럴 때면 말루가 행복해진 그의 곁으로 와 머리를 한번 쓰다듬어주고는 다시 바쁘게 움직였다. 언제나처럼 무릎 아래로 내려오는 긴 스커트에 깨끗한 앞치마를 두르고 검은 머리를 허리까지 늘어뜨리고서.

그녀는 아침마다 두 아이들 모두 숙제를 마쳤는지 챙겼다. 게다가 메이즈의 살림까지. 도무지 앉아 있는 법이 없었다. 루시의 머리를 묶어주는가 싶으면 생과일 주스를 갈아서 내오는 식이었다. 나는 말루가 뭔가 먹는 걸 본 적이 없어 묻곤 했다.

"말루, 아침식사 했어요?"

바람처럼 가볍게 집 안을 누비는 그녀의 대답은 한결같았다.

"난 벌써 먹었죠."

우리가 떠나야 할 날이 다가오자, 밥이 문득 말했다.

"오, 나는 당신들이 몹시 그리울 거야."

그러면 나도 말했다.

"우리도요. 정말 그리울 거야."

떠나야 할 날이 하루 더 다가오자, 밥이 뾰로통하게 물었다.

"제리코아코아라로 간다고? 대체 거기 뭐가 있는데?"

내가 웃으며 대답했다.

"그러게요. 뭐가 있을지 몰라서 가보는 거랍니다. 하지만 뭐가 있든지 간에, 리우보단 못할 거예요. 당신이 없으니까."

그러면 그가 조금 흡족하게 미소를 지었다.

우리가 떠나는 날 아침, 말루가 보이지 않았다. 식탁 위에는 중빈이 좋아하는 망고가 유독 여러 개 놓여 있었고, 내가 맛있다고 했던 케이크도 새로 구워져 있었다. 고마움에 코끝이 매워졌다. 그런데 식사를 다 마칠 때까지도 말루가 나타나지 않았다. 그러고 보니, 루시와 에릭도 그날따라 조용했다.

"이상하네. 얘들이 어디 갔지? JB가 곧 떠날 텐데……"

밥이 일어나 방 쪽으로 가더니 웃으며 돌아왔다. 일개 소대처럼 말루와 루시와 에릭이 그 뒤를 따랐다. 에릭이 알록달록한 꼬마 상자를 내밀었다. 중빈이 달그락 소리가 나는 상자를 열자, 둘이서 재미나게 가지고 놀던 손가락 크기의 로봇 모형들이 가득했다. 에릭은 그걸 친구들과 경쟁적으로 수집하던 중이었다. 말하자면, 가장 소중한 컬렉션 중 일부를 선물한 것이다. 우와! 중빈이 탄성을 질렀다. 다음엔 루시가 편지를 건넸다. 말루가 덧붙였다.

"루시가 오늘 처음으로 립스틱을 칠했답니다."

루시가 발간 입술로 웃는 걸 보면서도, 나는 그게 무슨 말인가 했다. 그런데 세상에! 편지 봉투에 새빨간 입술이 찍혀 있는 게 아닌가? 편지지에는 아주 예쁘게 루시와 중빈이 그려져 있었다. 새빨간 하트와 함께.

JB, 넌 정말 멋진 친구야.

굿바이라고 말하기 너무 힘들어.

바이, JB

너의 친구, 루시 ♥

중빈이 얼굴을 붉혔다. 나는 그저 좋아서 헤벌쭉 웃었다. 가문의 영광이었으니까. 대한민국에서 정열적인 브라질 아가씨의 입술이 찍힌 편지를 받은 열 살 소년이 어디 흔하겠는가?

○
말루

중빈이 '여행 중 만날 가장 소중한 친구'를 위해 준비했던 선물을 꺼냈다. 천으로 만든 공기였다. 말루가 "나도 어릴 적에 공기놀이를 했는데!" 하고 기뻐하면서 놀이방법을 루시와 에릭 앞에 선보였다. 우리는 모두 서로가 서로에게 아쉬운 입맞춤을 나누었다.

거구의 밥이 메이즈 앞에 나와 섰다. 투명한 아침 햇살이 통과하여 그의 파란 눈동자는 유리알처럼 더욱 푸르러졌다. 주름은 더 깊어 보였다. 푸른 눈동자에 눈물이 고이자 햇빛이 눈물을 반짝거리게 했다. 그의 은발도 함께 반짝거렸다. 그렇게 나이 많은 친구는 처음이었기에, 바로 그 순간, 처음 알았다. 어쩌면 그를 다시 못 볼지도 모른다는 걸. 이 거대한 남자의 다양한 족적 가운데 가장 뚜렷한 생의 족적이자 작품인 이 건물 앞에서, 이렇게 마주 보는 것이 마지막일지도 모른다는 걸. 우리는 다시 브라질 식으로 양 뺨에 키스했다. 그러고도 한 번 더 꼭 끌어안았다. 좁은 골목을, 깨어진 콘크리트 바닥에 가방 바퀴가 끼지 않게 조심하면서 끌고 나왔다.

어떤 이별은 우리의 마음을 갓 구워낸 커다란 한 덩어리 빵이 되게 한다. 우리는 '가슴 속 오븐'에서 따끈한 빵을 꺼내 상대에게 통째로 건네줄 수가 있다. 서로의 부드러운 빵을 받아 품에 안고서,

코를 묻고 힘껏 향기를 들이마신다. 서로가 보는 앞에서 한 입씩 베어 물고 맛을 음미하며 고개를 끄덕인다. 오랫동안 배가 부를 것이다. 오랫동안 행복할 것이다. 선물 받은 빵을 들고 각기 자리로 돌아간다. 돌아가는 내내 향기가 길에 피진다. 사람들이 그 향기에 대해 묻는다. 우리는 그들에게도 한 조각씩 떼어준다.

리우를 벗어나는 차 안에서 아이를 보니, 울고 있다. 여행이라는 게 만남과 이별의 연속이라 어느덧 단련되어 눈물이 잦지는 않건만, 그토록 향긋한 빵 한 덩어리를 통째로 품에 받아든 날은 하는 수 없다. 먼저 내 눈물을 닦고 나서 아이의 눈물을 닦아주었다. 아이가 물었다.

"엄마! 내가 혼자 브라질에 오려면 몇 살이 되어야 할까?"

"글쎄…… 열아홉쯤?"

"열아홉 살이 되면 나, 제일 먼저, 리우에 올 거야. 그때까지 밥이 살아 있겠지?"

나는 크게 고개를 끄덕였다.

그러니, 밥, 부디 건강하세요!

○
리우데자네이루, 브라질

○ 불확실하지만, 가능한 일

•

마르셀로는,

말하자면,

젊은 밥이었다.

아직 자신만의 메이즈를

건축하지는 않았다.

하지만 격렬하게

세상의 미로를 탐색하고 있었다.

유년의 상처쯤이야

더 높이 튀어오르기 위해 디디는

트램펄린 같은 것.

극도로 높은 곳까지

점프해 오르면서

마르셀로는 외친다.

나는

내 방식대로 세상을 사랑해!

왜 안 돼?

"아타카마로 가나요?"

칼라마의 터미널에서 젊은 남자가 말을 걸어왔다. 칼라마는 세상에서 가장 긴 나라, 칠레 북부에 있는 사막 도시이다. 사막 한가운데에 있으면서도 쇼핑몰, 학교와 공원, 어느 것 하나 빠짐이 없어서 신기한 소도시였다. 아이와 나는 칼라마에서 생수 여러 병을 사두었고, 두꺼운 스웨터도 하나씩 더 사서 껴입은 터였다. 이제부터 본격적으로 시작될 사막 투어의 준비를 마친 것이다. 그리고 투어가 시작되는 사막의 작은 마을, 아타카마로 가는 버스를 기다리고 있었다.

남자가 끼고 있는 선글라스는 특이했다. 동그랗고 검은 알에 고

무밴드와 가죽을 부착해서 만든, 마치 2차 세계대전 때 공군 조종사들이나 꼈을 법한 고글과 흡사했다. 빨간 셔츠 아래로는 근육이 우람한 팔이 튀어나와 있었다. 아이는 대번에 남자의 근육과 선글라스에 매혹되었다.

"네! 엄마와 전 아타카마로 가요. 거기서 사막 여행을 할 거예요. 그런데 아저씨 선글라스 제가 한번 써봐도 될까요?"

남자가 망설이지 않고 선글라스를 건넸다.

"원래 좋은 선글라스였는데, 다리가 부러져서 내가 고친 거야. 난 마르셀로라고 해. 네 이름은?"

마르셀로도 같은 버스를 타고 아타카마로 간다고 했다. 거기서 여행자들과 동네 아이들에게 암벽등반을 가르치고 있으며, 필요한 물품을 사러 칼라마에 나왔다가 돌아가는 길이라고 했다. 넉살 좋은 아이는 어느새 마르셀로의 선글라스를 끼고서 근육질 팔에 대롱대롱 매달려 있었다.

"엄마! 엄마도 한번 매달려봐, 어서!"

내가 당황한 표정을 짓자, 마르셀로가 웃으며 말했다.

"나도 아들이 있어요. 내년에 아들과 아내, 셋이 같이 자전거로 라틴아메리카를 횡단할 거예요."

우와, 자전거로? 멋진 계획이었다. 하지만 그가 매우 젊어 보였기에 대륙 횡단을 할 아들이 몇 살이나 되었냐고 물었다.

"내년이면 두 돌이 돼요."

"두…… 돌이라고……요?"

칠레에서 멕시코까지, 그는 3년을 계획하고 있었다. 자전거 횡단은 알다시피 배낭여행과는 또 차원이 다른 이야기이다. 일단, 기후 등 자연에 무방비 상태로 노출된다. 눈비를 맞아야 하고 바람이 불면 목적지의 반만큼도 나아갈 수 없다. 목적지마다 식당이나 숙박 시설이 갖춰져 있으란 법도 없다. 텐트와 침낭은 기본이고 버너와 코펠도 기본이 된다. 텐트 주변에 개떼가 몰려들 수도 있고 불량배 패거리가 몰려들 수도 있다. 물은 당연히 싣고 다녀야 하며, 드넓은 대지가 화장실이 된다. 때문에 자전거의 앞뒤 바퀴 모두 야외에서 꼭 필요한 짐으로 짓눌리게 마련이다. 필연적으로 고장도 잦다. 그런데 거기에 두 살 아기를 매달고 달리겠다니. 인심도 많지만 강도도 많은 남미에서, 3년씩이나.

버스 출발이 예정보다 한 시간 늦어진다고 했다. 우리는 터미널 매표소에 가방을 끌어다놓고 앉았다.

"그런데…… 물어봐도 될까요, 왜 꼭 내년이어야 하는지? 후년이면 세 돌이잖아요. 내후년이면 네 돌이고. 내 말은 좀 더 아이가 준비되었을 때 가면 좋지 않을까 싶어서요."

내 입에서 그런 말이 나올 줄은 몰랐다. 그런 질문은 평소 사람들이 내게 했던 질문이었다. 어린 아들과 함께 여행을 떠나는 내게. 그 질문에 대한 나의 대답은 한결같았다.

"나이는 상관없어요. 아니, 어릴수록 좋죠. 어른들은 아이들이 여행을 기억하지 못할까 봐 염려하지만, 사실 아이들은 기억엔 관심 없어요. 언제나 현재를 살며 체험할 뿐이죠. 여행이라는 매우 강도 높은 체험은 살아가는 데 꼭 필요한 태도를 형성해줍니다. 열고, 뛰어들고, 함께하는, 적극적이고 긍정적인 태도를요. 기억은 결국 사라지지만 태도는 평생을 관통해 남아 있게 되죠."

그런데 이건 한두 달 남짓한 여행에 대한 얘기가 아니었다. 3년이라는, 아이 성장에 있어서 매우 중요한 하나의 '시기'에 대한 이야기였다. 마르셀로가 실망한 표정으로 말했다.

"사람들은 어린아이가 여행하는 것에 대해 너무 비관적이에요."

"아니, 난 그렇지 않아요. 오늘 당신은 어쩌면 어린아이와 여행하는 것의 좋은 점을 가장 잘 아는 사람 중 하나를 만난 거나 다름없어요."

나는 아이가 세 돌이었을 때 함께 떠났던 터키 여행에 대해 이야기했다.

"어린아이들은 세상 어디에 데려다놔도 불평하지 않죠. 어디서나 주민 행세를 하면서 친구를 만들어요. 그건 정말 아름답고도 신비로운 적응력이죠."

"맞아요. 그게 바로 내 생각이에요. 더구나 난 남미 전역에 친구들이 있어요. 아들이 그들 가족과 어울리면서 친구를 만들길 바라요."

"그것도 훌륭한 경험이 되겠네요. 그런데…… 문제는 기간이에요. 3년 동안, 하루가 멀다 하고 새로운 친구들을 만날 수는 없잖아요. 왜냐하면 그때 아이들은 관계 맺기의 기본을 익히거든요. 같은 사람을 반복적으로 만나면서요. 싸우고 화해하고 밀치고 끌어안으면서, 관계가 단계적이고 지속적이라는 걸 배우는 때예요. 게다가 집이라는 공간도 중요해요. 내 공간과 물건을 인식하는 때거든요. 그럼으로써 안정감을 느끼고 '나와 나 아닌 것'도 구분하게 되죠."

마르셀로가 고개를 저었다.

"관계는 그렇다 칩시다. 하지만 집은 달라요. 집이 왜 한곳에 고정돼 있어야 하죠? 온 세상이 다 인간의 집인데."

순간, 뒤통수를 맞은 듯했다. 내가 그에게 말하고 있던 것은 오직 '문명화된 정착민'의 집에 대한 개념이란 걸 깨달았던 것이다.

사실 나는 집이나 차를 더 값진 것으로 바꾸고 그 안에 끝없이 물건을 사들이는 문명화된 정착민들의 삶을 좋아해본 적이 없다. 꿈을 재화로 대체해서 집 안에 감금해놓는 그들의 사는 방식을. 노동은 꿈이 유연하게 흐르도록 돕는 도구여야만 한다. 정착민들은 그런 나를 유목민이라고 불렀다. 그런데 나보다 '훨씬 강력한' 유목민 마르셀로 앞에서 나는 어느새 안전 지향적인 정착민의 고리타분한 이론을 늘어놓고 있었던 것이다.

내가 오류를 인정했다.

"맞아…… 그렇네요. 집시처럼?"

마르셀로가 유쾌하게 웃으며 끄덕했다.

"맞아요! 집시처럼! 왜 안 돼?"

"안 될 건 없죠. 근데 마르셀로, 당신 정말 골 때리네요!"

우리는 동시에 와하하 웃었다. 아닌 게 아니라, 그의 계획은 신선했다.

선진국에서 시작된 세계화의 물결은 바야흐로 모두에게 한 가지 삶의 방식을 제안해왔다. 자본주의의 방식을. 사하라의 베두인들에게도, 아프리카의 마사이들에게도, 세계 각지의 유목민 부족들에게 '이제 그만 엉덩이를 붙이고 앉아서 돈을 모아!'라고 가르쳤다. '그리고 우리가 만든 이 멋진 평면 텔레비전을 사!'라고 유혹했다. '돈이 없어? 그럼 빌려서라도 사. 평생이 걸리더라도 갚으면 돼.' 그들이 다 못 갚을 것을 염려하면 악마의 목소리로 속삭였다. '걱정 마. 네 손자한테서라도 받아낼 테니까.'

자본주의가 존중하는 것은 지갑이다. 전통 따위가 아니다. 지갑 없는 전통은 부끄러워졌다. 벌거벗고 자자손손 잘 지내왔던 용맹한 아마존의 부족들이 지금은 셔츠 한 장으로 몸을 가리기 위해 일주일 내내 애써 잡은 사냥감을 내다팔아야 한다. 사냥감을 챙기고도 세상은 결국 손가락질을 한다. '야만적인 너희들이 짐승을 죽이고 숲을 파괴해왔어!' 그들은 배고픔의 고통과 셔츠에 대한 유혹을 견디다 못해 정글을 떠난다. 낡은 셔츠를 걸치고 도심 한가운데에 던져진다. 거기서 거지와 다름없는 상태로 전락한다. 그 도시와 도시의 혈류인 자본이야말로 인류의 환경을 죽이고 파괴해온 진짜 주범임을 모르는 채로.

마르셀로의 인생 계획이 신선한 이유는 그것이었다. 예를 들어, '스물다섯에 결혼하여 스물일곱에 아이를 낳고, 식당의 종업원이다가 매니저가 되고, 방 하나짜리 원룸에 살다가 융자를 받아 방 둘짜리 소형 아파트로 옮기고, 아이 학교는 일단 집 앞 유치원에 넣었다가 교육적금을 들어서 차차……'처럼 우리가 익히 알고 있는,

그리고 절대적으로 옳다 믿고 있는 자본주의의 인생 계획과 180도 달랐으니까.

"멕시코에 도착하면 좀 쉬었다가, 호주로 갈 거예요. 아내의 고향이죠. 거기서 몇 년 지낸 뒤에 유럽으로 갈 거고요."

그는 타고난 유목민이었다. 어릴 적부터 새로운 것에 도전하길 좋아했고 경계를 넘는 것에 두려움이 없었다. 불행히도, 어머니는 마르셀로의 그러한 성품을 불안해했다. 무녀독남 외아들이 그녀의 계획대로 대학을 나오고 안정적인 곳에 취직하지 못할까 봐 노심초사했다. 지나친 개입과 간섭은 언제나 사랑을 깨뜨리는 지름길이 된다. 어머니 이야기가 시작되자, 마르셀로의 말수가 급격히 줄어들고 눈에 띄게 얼굴이 어두워졌다.

부모가 어린 자식에게 '독단적이고도 확고한' 계획을 지니고 있을 때 자식이 그것을 따라주지 않는다면, 그때 최악의 선택은 부모 된 권력으로 어린 자식을 질질 끌고 가는 것일 터이다. 끌고 가는 동안 퍼부을 수 있는 권력의 찌꺼기는 어느 정도까지 폭력적이 될 수 있을까? 매를 드는 것? 발가벗겨 문밖에 세워두는 것? 뺨을 때리거나 환멸의 욕설을 퍼붓는 것? 마르셀로는 제대로 표현하지 못하고 말을 더듬다가 입을 다물어버렸다. 다시 입을 열기까지는 얼마간의 시간이 흘러야 했다.

"열여섯 살이 되던 해에 집을 나왔어요. 그리고 다시는 돌아가지 않았어요. 다시는."

자식이 커버리는 것과 동시에 권력은 끝이 난다. 관계도 끝이 난다.

"지금도 연락하지 않아요?"

"어머니 쪽에서 전화는 걸려와요. 내 쪽에선 절대 하지 않죠."

그의 목소리는 차갑고 단호했다. 리우의 '밥'처럼 세월이 지나도 날것인 아픔이 담겨 있지 않았다.

"맨 처음 집을 나와선 프랑스 코트다쥐르에 있는 친척집에서 잠시 살았어요. 그다음엔 유럽을 여행했고 남미도 여행했죠. 에콰도르에서 몇 년 살기도 했고요. 나는 어디서든 그곳 언어를 배우고 내가 할 수 있는 걸 찾아내요. 필요한 만큼 배우고 벌고 새로운 목적지가 생기면 또 떠나죠."

그러다 아내를 만났고 아이가 생겼다. 대부분의 유목민들이 가정을 이루면서 정착민으로 돌아서는 것과 달리, 마르셀로는 가족과 함께 유랑을 계속할 생각이었다. 아이의 인생에 대해서 질문한다면, 그는 또 온 세상이 다 학교라 할 터였다. 세상을 통째로 사랑하는 그를, 세상은 특정한 우리 안에 가둬 길들일 수는 없는 것처럼 보였다.

"난 걱정 안 해요. 아내와 난 아들을 몹시 사랑하고. 어디에서든 아들을 잘 돌볼 수 있을 거예요."

방 안에서 아이를 학대하는 사람도 있고 무관심 속에 버려두는 사람도 있다. 길 위에서든 지붕 위에서든, 오직 그리고 언제나, 중요한 것은 사랑일 것이다.

듣고만 있던 중빈이 끼어들었다. 주먹을 입에 갖다 대 마이크처럼 만들고 앵커맨의 굵은 목소리를 흉내 내면서.

"지금 여러분께서는 마르셀로가 두 살짜리 아들을 데리고 라틴아메리카를 횡단하는 걸 보고 계십니다. 세상에, 믿어집니까? 두 살입니다, 두 살! 세계 최초! 칠레에서 볼리비아, 페루를 거쳐, 콜롬비아, 이제 멕시코가 눈앞에 있습니다. 앗, 아기는 어느새 다섯 살이 되었군요. 자, 동네 사람에게 마이크를 넘기겠습니다. '이 여행에 대해 어떻게 생각하십니까?' '글쎄요, 전 마르셀로가 미쳤다고 생각합니다.' '이런, 예쁜 말을 써주세요. 텔레비전에 나가고 있습니다.' '그럼 바꿔 말하죠. 마르셀로는 남미에서 가장 이~상한 사람입니다……' 신사숙녀 여러분, 앞으로 누가 이 기록을 깰 수 있을까요? 라틴아메리카를 횡단한 세계 최연소 아기, 마르셀로의 아들을 소개합니다!"

마르셀로와 나는 숨도 못 쉬고 웃었다. 그게 재미있어서 아이는 또 라이브 중계를 멈추지 않았다.

마르셀로가 웃을 때면, 그 얼굴은 해맑았다. 그에게 '가능성'이란 이미 믿어 의심치 않는 순수한 '결론'과도 같았다. 그의 아내 또한 같은 결론을 가지고 있을까? 마르셀로가 아내에 대해 말했다.

"아내는 매우 강인한 사람이에요. 혼자 여행도 많이 했고, 자전거 여행도 한 사람이죠. 하지만 내 계획에 대해 엄마로서 염려도 많은 게 사실이에요. 특히 매일 몇 시간씩 아이가 자전거 뒤에 꼼짝없이 앉아 가야만 하는 것에 대해서."

마르셀로가 잠시 숨을 골랐다.

"그래도 떠난다는 전제조건에 대해선 둘 다 의심하지 않아요. 아내는 지금 아타카마에 있는 등산용품점에서 일하고 있어요. 둘 다 아타카마에서 4년을 일한 거예요. 그러니까 난 암벽등반 강사로, 아내는 판매원으로 4년을 한자리에서. 임신과 출산 덕분에 집을 나온 후 가장 오래 한곳에 머무른 거죠."

마르셀로는 '4년'을 억겁의 세월처럼 발음했다. 누구라도 인정하지 않을 수 없는 지루하고 긴 세월처럼. 그가 한자리에서 부릉부릉 반복했을 공회전을 생각하니, 4년은 정말 지루하고 긴 세월처럼도 느껴졌다. 우리에게는 누구나 스스로 행복하다고 느끼는 방식으로 살아갈 권리가 있다.

버스가 도착했다. 마르셀로가 우리 짐을 번쩍 들어 짐칸에 넣어 주었다. 내가 들고 있던 티켓의 좌석번호는 47, 48이었지만, 버스 안의 좌석번호는 44에서 끝나는 낡고 재미난 버스였다. '탈탈탈' 경운기 소리를 내며 버스가 출발했다. 오후의 따뜻한 햇살과 요란한 버스의 진동 속에서 우리는 모두 잠이 들었다.

매캐한 모래먼지가 차 안과 입안을 가득 메웠다. 눈을 뜨고 창밖을 내다보니, 아! 아타카마 사막 안으로 들어와 있었다. 사암과 계곡, 광활한 모래 평원이 끝없이 펼쳐졌다. 마르셀로도 막 잠에서 깨어나 몸을 일으키고 있었다. 나와 눈이 마주치자, 그가 손가락으로 창밖을 가리켰다.

"저기, '달의 계곡'이에요."

남미에는 몇 군데 달의 계곡이 있다. 같은 이름을 가진, 모두 '정말 달에 온 것 같아!' 감탄하게 되는 곳들이다. 그중에서도 아타카마의 달의 계곡은 최고라 일컬을 만했다. 때마침 시계視界가 맑아서, 스펙터클한 황량함을 갖춘 달 표면 저 너머로 신비롭게 자리 잡은 설산까지 선명했다.

마르셀로가 이번에는 반대편을 가리켰다.

○
마르셀로

"그리고 저기, 내가 암벽등반을 하는 곳이에요."

5천 미터를 훌쩍 넘긴 휴화산이었다.

"암벽등반을 하는 사람은 바벨 운동을 따로 하지 않아요. 자신의 몸을 들어 올리니까요. 난 암벽등반 중에서도 수직등반을 좋아해요. 극도의 집중과 평형 상태를 필요로 하기 때문이죠."

마르셀로는 뒤이어 매우 흥미로운 이야기를 들려주었다.

"처음 수직절벽을 보면 불가능해 보여요. 50퍼센트 정도 불가능해 보이는 게 아니라 완전히, 100퍼센트 불가능해 보여요. 불가능함에 아예 짓눌려버리죠. 하지만, 똑같은 상황에서 '가능해!'라고 말하고 시작하는 사람들이 있어요. 언제나. 그리고 그들 중에는 끝끝내 성공적으로 오르는 사람들이 있어요. 그럼 나도 며칠간 계속 그 절벽 아래로 가요. 가서 어떻게 오를까를 고민하고, 길을 찾아내고, 마침내 등반해내죠. 그 과정을 몇 번 반복하다 보면 어느새 내가 그 어떤 절벽 앞에서도 '가능해!'라고 말하는 사람이 되어 있어요. 인생의 어려움도 마찬가지예요. 절벽을 보듯 세상을 보게 되는 거예요. 불가능한 건 없어요. 단지 불확실한 것만이 있을 뿐이죠."

탈탈대던 버스가 사막 도로 한가운데서 멈춰 섰다. 운전사가 "이 늙의 낡은 버스!" 하면서 뭐라 농담을 했고, 사람들이 왁자하게 웃음을 터뜨렸다. 운전사가 시동을 걸려고 몇 차례 억세게 액셀을 밟는 동안 승객들이 버스가 떠나가라 응원해주었다.

"바모스Vamos, 가자! 바모스! 바모스!"

시동이 걸렸다. 승객들이 환호했다. 낡은 것들은 언제나 동전의 양면처럼 뜻밖의 고난과 기쁨을 함께 선사한다.

사막의 먼지가 뽀얗게 앉은 가방에서 마르셀로가 작은 책을 꺼내 건넸다. 암벽등반에 관한 책이었다. 스페인어를 못하는 내가 머뭇거렸다.

"이건…… 스페인어인데……"

"괜찮아요. 그림도 있으니까. 그림을 보는 동안 스페인어를 하나씩 익히면 되잖아요."

그래, 적어도 스페인어는 절벽처럼 단단하진 않지.

"가져요. 그리고 꼭 해보세요. 당신이 당신 무게를 완전히 들어 올리는 경험을."

달의 계곡에 해가 지기 시작했다. 장엄한 레퀴엠과도 같이 노을이 사구의 서편을 붉게 물들였고 그 이면은 검게 했다. 나는 마르셀로가 준 책을 가방에 넣었다.

지구상에 있는 모든 '달의 계곡'에는 중력이 있다. 이 행성에서는 누구도 피할 수 없이 중력만큼의 무게를 지니게 된다. 때문에 인간이 자신의 무게를 들어 올리는 방법은 지구의 인구만큼이나 다양하게 존재할 것이다. '자신의 무게를 들어 올린다'는 것은 '자신을 사랑한다'는 것과 동의어이다. 우리는 중력에 저항하는 서로의 다양한 사랑법을 존중해야 한다. 독단적인 권력을 부려서는 안 된다. 사랑을 잃고 관계가 소멸될 것이다. 나아가, 아마존의 부족들처럼 멸종되는 인간군까지도 생겨나는 비극을 맞이할 것이다.

두 살짜리 아기를 자전거에 싣고 대륙을 횡단할 수 있다. 팔순을 넘겨 마라톤에 참가할 수도 있다. 완주한 뒤에 구순의 할머니와 진하게 키스할 수도 있다. 정글에서 벌거벗고 애벌레를 잡아먹을 수도 있다. 통통하고 즙이 많은 애벌레를 귀신같이 잘 찾아내는 처녀가 마을에서 가장 잘생긴 청년을 차지할 수도 있다. 그 처녀 총각이야말로 세상에서 가장 행복한 부모의 표본이 되어줄지 누가 알겠는가?

지구라는 작은 행성, 이곳에서 우리는 누구나 자신의 무게를 들어 올려 수직절벽을 오르는 사람들이다. 절벽에 난 길이 다양할수록 절벽 아래서 불가능에 짓눌리는 사람도 줄어들겠지. 달의 계곡에서, 나는 마르셀로와 같은 사람이 더 많아졌으면 하고 바랐다. 저마다 다른 사랑과 삶의 방식들이 한 조각씩 동등해서, 펼치면 놀랍도록 아름다운 한 폭의 퀼트 담요 같은 세상을 꿈꿔보았다.

아타카마 사막, 칠레

○

극진함으로 매일 새로운

•

모성애라는 테마는
이미 너무나 빈번히 회자되어
더 이상 새롭지 않음에도 불구하고,
그 극진함으로 인해 언제나 새롭게 태어난다.

제3세계의 거리에서
첫아기에게 젖을 물리는
어린 소녀들의 발그레한 뺨을 볼 때마다,

혹은, 여덟 번째 아기에게
너덜너덜해진 젖을 물리는 늙은 엄마를 볼 때마다,
나는 늘 새로운 감동으로 전율하고 만다.

전쟁의 포화 속에서도,
추락하는 버스 안에서도,
그녀들은 자신보다 먼저 자식을 품어 안는다.

가난으로 시작하여
가난으로 끝나는 생,

그녀들은 어째서 지치지도 않고
의연히 다시 일어나 밥을 지을까?

"그애가 행복한 것은 당연합니다."

사이카가 덤덤하게 말했다. 에티오피아의 시골 마을이었다. 그녀는 딸 살람을 사랑스럽게 바라보고 있었다. 살람은 지치지도 않고 뒹굴고 웃으며 뛰어다녔다. 예쁘고 구김살 없는 아이였다. 살람은 여섯 살, 사이카는 스물두 살이었다.

사이카에게는 살람 말고도 두 살짜리 아기가 있었다. 내내 등 뒤에 업고 다녔다. 어깨를 짓누르는 아기의 무게쯤은 아무렇지도 않았다. 평소에 그녀는 아기를 업은 데 더해, 커피와 소금 자루도 머리에 이고 다녔으니. 그녀가 다시 덤덤하게 말했다.

"행복은 기도하는 만큼 하늘로부터 오는 것이니까요."

'행복'을 말하는 사이카는 에이즈 환자였다. 2년 전 둘째를 출산하다가 자신이 에이즈에 걸렸다는 것을 알았다. 목수였던 남편은 작년에 에이즈로 사망했다. 그녀는 하루 십여 킬로미터를 걸었다. 산과 계곡을 넘어 도착한 이웃 마을에서 소금과 커피를 산 뒤, 머리에 이고 돌아왔다. 시장에 나가 그것을 팔면서, 하루 1달러가 채 안 되는 수입으로 근근이 생계를 유지하고 있었다.

그렇기에 그날 내가 참석한 '에이즈 환자 모임'에 사이카가 나타난 것은 결코 그녀에게 쉬운 결정이 아니었다.

"그래요. 오늘 하루벌이는 포기해야 했죠. 하지만 여기 오는 게 더 중요하다고 생각했어요. 함께 힘을 합하는 것은 중요하니까요. 혼자 시장에서 일하는 것도 중요하지만, 같이 모여 이야기하고 느낌을 나누는 것은 더 중요하죠."

사이카는 독실한 기독교 신자였다. 놀라울 만큼 씩씩했다. 신께서 지켜주시기 때문이라고 했다. 가난하고 병들었지만 자신에게는 신이라는 가장 든든한 조력자가 있기 때문에 견딜 수 있다고 했다.

다행히도 살람과 아기는 에이즈에 감염되지 않았다. 그 검사 결과를 알게 되던 날, 씩씩한 사이카는 내내 조마조마하던 마음을 내려놓고 엉엉 울었다고 했다.

아프리카의 다른 곳과 마찬가지로, 에티오피아에서는 아직 에이즈라는 것을 감추는 이가 많아 적절한 예방과 치료가 어려운 실정이다. 그런 면에서 사이카는 매우 앞서가는 여성이었다. 에이즈 감염자 증명서를 받아 병원에서 무료로 약을 타 먹을 수도 있었고, 이처럼 에이즈 환자 모임에 나와 병에 대한 정확한 정보를 얻고 교류도 할 수 있었다. 하지만 동시에, 그 증명서 때문에 멸시와 수모를 겪고 있었다. 사이카가 에이즈 환자라는 것만으로, 동네 아이들은 살람과 놀아주지 않는다고 했다.

그럼에도 사이카에게는 흔들리지 않는 희망이 있었다.

"나는 언젠가 완치되리라고 믿어요. 신께 간절히 기도드리고 있기 때문이죠. 그때가 되면 직접 나서서 지역사회에 에이즈 예방법을 가르치고 싶습니다."

그녀 자신, 예방법을 뒤늦게 알고 나서 얼마나 많은 후회를 했을까? 특히나 아직 아무것도 모르는 어린 두 딸들의 미래를 생각할 때마다 말이다.

살람이 내게 살금살금 다가와 스카프를 잡아당기며 장난을 걸었다. 사이카가 애틋한 눈으로 딸을 바라보며 말을 이었다.

"아이들이 교육을 잘 받는 게 제 가장 큰 꿈입니다. 의사가 된다면 정말 좋겠어요."

아프리카에는 의사가 장래희망인 아이들도, 자녀가 의사가 되었으면 하는 부모들도 유독 많았다. 부모와 형제가 다치거나 병들어 속수무책으로 죽는 것을 많이 보았기 때문이다. 교육의 기회가 가장 적게 주어지는 대륙에서, 아이들은 다 떨어진 옷을 입고 배고파 야윈 얼굴로 "의사가 되겠다"고 말했다. 그럴 때, 꿈은 참 멀고도 슬프게 들렸다. 그러나 에이즈 환자이자 두 아이를 먹여 살리는 엄마, 사이카가 말하는 꿈에는 현실을 잘 모르는 아이들이 천진하게 말하는 꿈과는 달리 강인한 의지가 담겨 있었다.

"나는 '언제나' '모든 것이' 가능하다고 생각합니다. 가난해도 병들어도 말이에요."

그녀는 에이즈에 걸린 남성과의 재혼도 생각하고 있다고 했다.

"에이즈에 걸린 사람도 마찬가지입니다. 똑같이 행복할 권리가 있어요. 모든 것은, 가능하니까요."

간절한 기도는 과학과는 상관이 없다. 종교나 종파와도 상관이 없다. 나는 살람의 머리를 쓰다듬으며, 진심으로 사이카가 완치되기를 바라는 기도를 올렸다. 그러나 동시에 사이카 자체가 이미 하나의 기적이라는 생각을 했다. 병든 몸으로 하루 1달러도 되지 않는 행상을 하면서, 그 누구보다도 흔들림 없는 목소리로 행복에 대해 말하는 그녀가. 믿고 사랑하고 희망을 품는 것만으로 행복하지 않을 이유가 없다고 말하는 그녀가. 고작 스물두 살, 꽃 같은 그녀가.

아프리카를 방문한 것은 그때가 두 번째였다. 돌아오는 비행기에서 나는 이렇게 수첩에 적었다.

두 번째 아프리카에서
나는 더 치열하게 살아야겠다고 생각했다.
한 뼘 더 달릴 여지가 있다면
땀을 내 한 뼘 더 달려야 한다.
그리고 그 한 뼘
고스란히 나누어 가져야 한다.

그대의 소박한 생,
보잘것없는 재능,
작기만 한 기쁨과 절망,
함부로 지치지 마라.

그것들 고스란히 쌓인 때때로 곤궁한 흔적,

그대 혼자만의 것이 아니다.

그대, 혼자가 아니다.

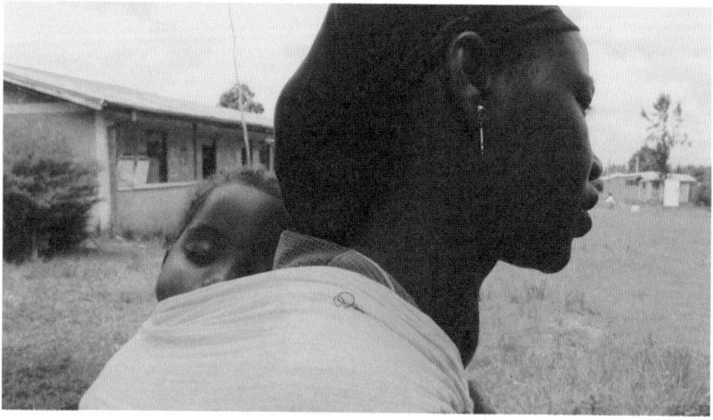

○
사이카

가족, 에티오피아

○

그녀의 악다문 입술

•

여자아이들이 조곤조곤 속삭이며 인형놀이를 할 때
나는 짠한 마음이 되어 오래 지켜보곤 한다.
그 작은 아이들은 아직 모른다.
그것이 엄마가 되는 연습임을.

인형의 엉킨 머리를 인내심 있게 빗기거나,
자꾸만 흘러내리는 인형을 열심히 추스르며 업고 다니는 것이
자신들의 조그만 내면에 심어진
'엄마'라는 씨앗에 물을 주고 싹을 돌보는 행위라는 걸.

열여섯에 엄마가 된 에티오피아의 사이카처럼
제3세계에서 엄마가 되는 과정은 비슷하다.
뒤뚱뒤뚱 걸을 때부터
인형 대신 살아 있는 동생들을 돌보고
소녀가 되어 초경을 시작하면
얼마 지나지 않아 엄마가 된다.

미얀마 역시 '소녀 엄마'들이 많았다.
길가에 앉아 자잘한 물건을 팔면서
틈틈이 운명에 순응하듯 고개를 숙이고
아기에게 젖을 먹였다.

파마 같은 건 해보지 않은
긴 생머리를 곱게 늘어뜨리고
너무나 아무렇지도 않게
스스로 예쁜 줄도 모르고 종일 앉아서.

그녀들은 그렇게 뙤약볕 속에서
나이보다 일찍 성숙해지고 늙어갔다.

만달레이의 시장에서 만난 그녀도
그중 하나였다.

미얀마의 옛 수도 양곤에서 야간버스를 탔다. 열여섯 시간을 달려 미얀마 제2의 도시 만달레이Mandalay에 도착했다. 만달레이 시내에서 뚝뚝을 잡아타고 다시 10분, 야시장에 닿았다. 끈적끈적하고 뜨거운 밤, 미얀마의 시장에는 미얀마적인 것이 하나도 없었다. 아니, 미얀마적인 것이 전무한 것이 오늘날 가장 미얀마다운 것이 되었다.

다른 나라에서 퇴짜 맞은 싸구려 중에서도 가장 싸구려 '메이드 인 차이나' 밀수품이 거리에 줄지어 있었다. 복사에 복사를 거듭한 야한 DVD와 콘돔, 포장을 뜯자마자 곧 망가질 장난감, 더운 나라의 사람들이 비처럼 흘릴 땀을 조금도 흡수해주지 못할 나일론 셔츠들이 녹슨 쇠막대 위에서 조야하게 나부끼고 있었다.

시장을 걷는 것은 삶의 활력을 오감으로 받아들이는 일이라고 내가 말한 적이 있던가. 아마도 그것은 만달레이의 야시장에 와보기 전의 일이었을 것이다. 그 시장을 걸으며 나는 다리에 힘이 빠졌다.

아무리 볼 것 없는 나라도 그럴듯하게 볼거리를 집어내는 가이드북 론리 플래닛은 '미얀마' 편에서 예외적으로 물었다. 가야 할 것인가? 50년간 지속된 군부는 부패할 대로 부패하였고 국민들에게 희망의 상징이었던 아웅 산 수치는 21년간 총 15년이나 연금되어 있다가 석방되었다. 그녀는 외국인에게 아직 시기상조이니 미얀마를 방문하지 말아줄 것을 당부했다. 과연 가야 할 것인가?

론리 플래닛은 또 이왕에 갈 것이라면 그 끔찍한 정부에 최소한의 달러만을 넘겨주기 위한 여행이 되어야 한다면서 그 요령을 소개했다. 국기가 꽂혀 있는 정부 소속 숙박업소에 머물지 말 것. 단체 관광은 정부가 주관하니 절대로 하지 말 것. 물건을 살 때에는 되도록 여러 가게에 돈을 분산시켜 현지인의 가게에 두루 도움을 줄 것……

대부분의 경제가 밀수에 의존한다. 시도 때도 없이 정전이 일어나 촛불을 항상 곁에 두어야 한다. 전력을 확보하는 것, 소포를 찾는 것, 모든 일상적 행위에 뇌물이 개입된다. 한 외국인 사업가는 미얀마에 도착한 국제 소포를 찾는 데 한 달이 걸렸다고 털어놓았다. 서른여덟 군데에 도장을 찍고도, 내용물의 일부를 넘겨주고서야 소포를 수중에 넣을 수 있었다고 한다.

최초로 대화를 나눈 미얀마인이었던 공항의 택시 기사는 서슴지 않고 말했다.

"우리 미얀마인들은 가난합니다."

가난하다고 말하는 그들의 눈은 굶주려 있었다. 그들이 모는 차들도 굶주려 있었다. 70년대식 토요타가 대부분인 차의 내부는 마치 함부로 장기가 적출된 인간의 몸속을 보는 것만 같았다. 스테레오나 에어컨 등 조금이라도 돈이 되는 것은 다 파헤쳐져 나갔다. 오직 덜덜대는 엔진과 기적적으로 성한 페달과 핸들만이 간당간당 붙어 있을 뿐.

그 밤, 시장의 상인들은 늦은 시각까지 모기에게 피를 빨리고 물통에서 미지근한 물을 떠 마셨다. 세상에서 가장 싸구려인 공산품을 하나라도 더 팔기 위해 핏대를 세웠다. 천 번쯤 핏대를 세운 상인은, 아마도 그 밤, 수없이 널려 있던 시원찮은 밑창이 달린 샌들 가운데 한 켤레쯤 소중히 품에 안고 가 졸린 눈의 딸에게 안겨줄 수 있었을지 모르겠다.

세상의 저편에서 오래전 쓰레기가 되어버린 물건들이, 그곳에선 범접할 수 없는 욕망의 대상이 되어 수많은 이들의 피곤한 땀과 피를 빨아들였다. 다리에 힘이 빠진 것은, 그들이 이미 폐기처분된 것을 욕망하기 때문만이 아니었다. 세상 저편에서 욕망하는 세련된 공산품 또한 결국은 한 시절의 쓰레기로 남을 것임을 알고 있기 때문이었다. 마찬가지로 스러지고 퇴짜 맞을 것들의 더미 위로, 너나 할 것 없이 불우하게 흘리고 있는 피와 땀 때문이었다.

시장의 한편, 사진 속 여자는 겹겹이 걸린 철 지난 브로마이드 속에서 홀로 서성였다. 세상의 저편에서는 이미 유효하지 않으나, 그들에게는 여전히 유효한 아름다움에 둘러싸인 채 그 아름다움을 더 돋보이게 배열하기 위해, 낡은 보랏빛 스커트를 끌며 앉고 서고를 반복했다.

그녀가 몇 걸음 걸어 브로마이드 구석으로 가면 부처님께 하루의 안녕을 기원하는 조그만 향꽂이와 흰쌀이 담긴 그릇이 있었다. 더 걸어 브로마이드 바깥으로 나가면 양은 쟁반 위에 찰기 없는 국수 한 그릇이 놓여 있었다. 국수 곁에는 그녀의 마른 가슴을 기다리는 아기가 놓여 있었다.

그녀의 악다문 입술, 턱 가장자리로 굳게 자리한 근육만이, 내게는 억겁의 시간이 흘러도 스러지지 않을 아름다움으로 보였다.

만달레이, 미얀마

○

엄마의 탄생

•

흔히들 말한다.
여자는 약하고 어머니는 강하다고.
그렇다면 여자는 어떻게 어머니가 되는가?

전설적인 모성애의 신화를 들먹이진 말자.
신화는 멀고, 갓 태어난 아기는
바로 곁에서 바락바락 울고 있으니.

많은 여성들이 주저와 기대,
두려움과 실험 정신 속에서
서툴게 엄마가 될 뿐이다.

그래서 '생물학적'인 엄마가 되고도
'정신적'인 엄마가 되기엔
얼마나 부족한 존재인가를 깨닫고
새로 태어난 아기 곁에서 남몰래 눈물을 훔치곤 한다.

그럼에도

아기를 낳은 거의 모든 여성들이

결국 엄마로서 자리를 잡는다.

신화 속 그녀들의

거한 모성애만큼은 아니어도,

나날이 하루 치의

소박한 모성애를 일궈내면서.

버스 안에서

눈물을 흘리던 그녀도

마찬가지였다.

그녀가 울고 있었다. 비 내리는 콜롬비아의 부카라망가 버스 터미널. 20대 중반쯤 되었을까? 출발을 기다리는 버스의 통로 쪽 좌석에 앉아 손등으로 눈물을 닦고 또 닦고 있었다. 그녀의 품에는 갓난아기가 담요에 싸여 있었다. 창가 자리에서 예닐곱 살 큰아이가 호기심 어린 손길로 담요를 툭툭 쳤다. 새로 생긴 동생의 존재를 확인하기 위해서였다. 큰아이는 심란한 얼굴로 다시 젖은 창밖을 내다보았다. 우는 그녀 곁에는 남편이 서 있었다. 따로 좌석을 구하지 않은 모양이었다. 선 채로 우는 아내를 내려다볼 뿐이었다. 그는 입을 굳게 다물고 아무 말도 하지 못했다. 침묵을 깨는 건 점점 격해지는 그녀의 훌쩍임뿐. 빗줄기가 굵어지더니 이내 폭우가 되었다.

운전사가 들어와 자리에 앉았다. 차에 시동이 걸리자 남편이 서둘러 큰아이의 뺨에 입을 맞췄다. 담요를 젖히고 갓난아기에게도 입을 맞췄다. 마지막으로 아내 차례. 그러고도 남편은 유독 담요 속 아기에게 한 번 더 입을 맞췄다. 만난 지 얼마 되지 않은 생명, 미련 많은 이별일 것이다. 잘 부탁한다는 듯, 미안하다는 듯, 그가 아내의 어깨를 꾹 쥐었다. 그리고 차에서 뛰어내렸다. 폭우가 그를 덮쳤다. 버스가 출발했다. 젊은 엄마는 움직이는 버스 안에서 담요를 좀 전보다 단단히 잡고 조금 더 남은 울음을 울었다.

알고 있다. 저 막막한 느낌. 한 생명을 품에 안았다. 축복이다. 기쁘지 않은 게 아니다. 그런데 자꾸 눈물이 난다. 이 아이의 생은 지금으로부터 오랫동안 오롯이 나의 몫이다. 그 책임이 너무 거대해서 아기와 함께 세상에 덩그마니 홀로 남겨진 것만 같다. 엄마가 된 것이다. 울어도 소용없다. 그래서 더 눈물이 난다. 두렵기도 하고 서럽기도 하다. 안개 속을 더듬는 것 같다. 엄살과 애교를 부리며 깔깔 웃던 어린 여자의 시절은 끝났다. 안개 속에 숨겨진 나는 어떤 엄마일까? 내 엄마처럼 강인할까? 내 엄마의 엄마처럼 헌신적일까? 남편은 이미 버스에서 내려버렸다. 잘할 수 있을까? 내가,

이토록 불완전하고 겁이 많은 내가?

아기가 칭얼대기 시작했다. 그녀가 서둘러 젖을 꺼냈다. 아기가 조용해졌다. 그녀는 이제 울지 않았다. 등을 잔뜩 굽히고 아기가 최대한 젖을 먹기 편하게끔 긴장된 자세로 앉아 있었다. 큰아이는 예닐곱 해 동안 습득한 깜냥으로 자신이 어떻게 처신해야 하는가를 잘 알고 있었다. 엄마의 충혈된 눈을 쳐다보다가, 창밖을 보다가, 복도 쪽을 힐끔거리다가, 눈치껏 말없이 자리를 지켰다.

장거리 버스였다. 신생아답게, 아기는 자주 보챘다. 그때마다 엄마는 타인의 시선을 의식한 듯 울음소리가 더 커지기 전에 재빨리 젖을 물렸다. 아기는 쉽게 조용해지는 만큼 쉽게 또 울음을 터뜨렸다. 나도 모르게 그녀가 젖을 물리는 횟수를 세고 있었다. 한 번, 두 번, 세 번, 아, 네 번…… 시계를 보았다. 겨우 한 시간이 지났다. 버스는 아직도 여덟 시간을 더 달려야 했다. 저렇게 자주 젖을 물릴 때 젖꼭지가 얼마나 쓰라린지 나는 알고 있다. 엄마 됨의 쓰라림이 고스란히 마음을 적셔와, 더 이상 세기를 멈췄다.

여덟 시간이 다 지날 때까지, 그녀는 그대로 앉아 있었다. 모두가 몸을 뒤틀며 휴게소에서 내려 식사를 하고, 화장실에 다녀오는 동안에도 그대로 앉아 있었다. 아기가 덜 보채는 자세를 유지하기 위해서, 한쪽 손목을 매우 기묘한 각도로 비튼, 바로, 그대로.

그녀는 어느덧 든든한 버팀목이었다. 손목을 뒤틀어서라도 새끼에게 가장 편안한 잠자리를 제공해주는. 젖꼭지가 헐더라도 다디단 젖 주기를 멈추지 않는. 미간을 찌푸리는 사람들 사이에서 담담히 똥기저귀를 열고 갈아주는. 음식을 꺼내 큰아이의 주린 배만 채울 뿐 자신의 허기는 뒷전인. 버스가 이동하는 거리만큼, 그녀는 연약함과 두려움을 통과해 자신의 엄마를 닮은, 또 그 엄마의 엄마를 닮은 '엄마'가 되어가고 있었다.

목적지에 도착했다. 그녀가 아기를 안고 가방까지 들었다. 큰아이는 엄마의 허벅지를 잡았다. 그녀의 얼굴은 의연했다. 두려움을 누르고 자신이 나아갈 길을 알고 있었다. 인큐베이터에서 발육을 마치고 세상에 첫발을 디딘 새 생명체처럼, 버스에서 내린 그녀는 어느덧 인류사의 '그 엄마'로 거듭 태어났다.

모성애에 대한 신화가 횡행하지만, 우리는 그저 엄마가 될 뿐이다. 그녀처럼, 천천히 안개를 더듬으며, 울어서 도리어 말개진 얼굴을 꿋꿋이 쳐들고, 아이들의 조그만 손을 붙든 채 세상 속으로 뚜벅뚜벅 걸어 들어갈 뿐이다.

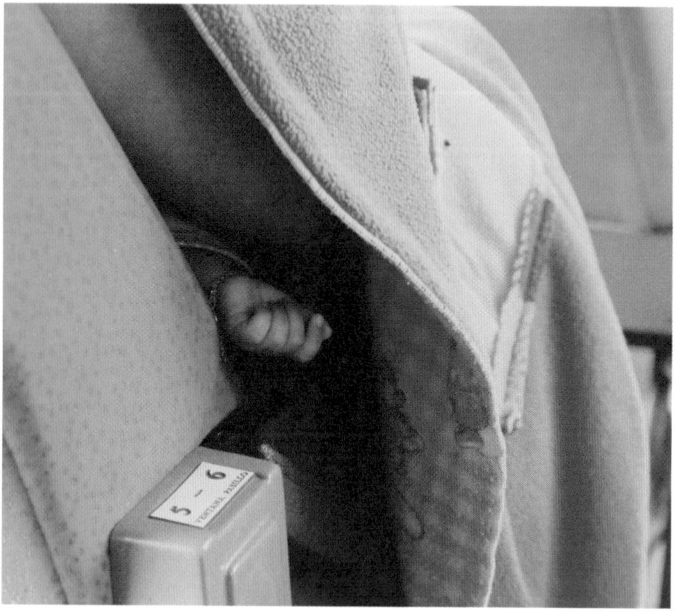

부카라망가, 콜롬비아

아기의 탄생만큼이나 신비로운 엄마의 탄생에 전율하면서, 나는 그들의 뒷모습을 오래오래 바라보았다.

○ 아주 오래된 습관

•

1년간 일개미들의 보살핌을 받고 자란 공주개미는
단 한 번 혼인비행을 한다. 비행시간은 고작 30분.
그동안 수개미들로부터 평생 필요한 정자를 공급받는다.
이제 공주개미는 여왕개미가 된다.
동시에 철저히 혼자가 된다.

혼자서 필요 없어진 날개를 떼어내고
혼자서 지친 몸으로 땅속 은신처를 만든다.
미래에 거대한 왕국이 될 땅.
쉴 틈은 없다.
흙을 물어내 최초의 작은 굴을 만들어야 한다.
여왕의 첫 순간은 비루하고 피로하다.

열 개 정도의 첫 알을 은신처에 낳는다.
알들을 성공적으로 부화시켜
왕국을 건설해야 하는 책임 때문에

여왕은 한 발짝도 밖으로 나가지 못한다.
휴식 없이 알들을 보살핀다.
물도 먹이도 먹을 수 없다.
한 달 밤낮 알들을 돌리고 핥아
곰팡이로부터 보호한다.

알들이 애벌레가 된다.
쉬지도 먹지도 못한 여왕개미는 기진맥진,
그래도 몸에 남은 영양물질을 꺼내
애벌레에게 먹이고 또 먹인다.

애벌레가 고치가 되고
여왕개미가 고치를 찢어 자식의 탄생을 돕는다.
첫 일개미의 탄생.
젖을 먹이듯 첫 일개미에게 다시금
남은 영양물질을 전해준다.

일개미는 이제 어미가 자신에게 그러했듯
동생 애벌레를 돌려 핥고 닦아준다.
영양분을 뱉어내 먹여준다.

여왕개미는 더 이상 혼자가 아니다.
가족을 얻었다.
왕국이 시작되었다.

여왕은 10년 남짓,
수천 개에서 수만 개의 알을 낳는다.
왕국은 점점 커진다. 점점 정교해진다.

여왕은 늙어간다. 더는 알을 낳지 못하게 된다.
일개미들이 그녀를 번쩍 들어
왕국 밖으로 내다버린다.
새끼를 돌보는 데 방해만 될 뿐인 까닭이다.

우리의 발아래 젖은 흙 한 귀퉁이에서
아무도 모르게 벌어지는
한낱 부스러기처럼 작은 곤충의 가족사.

거기에 유장하고도 적나라한
지구의 생물사가 고스란히 담겨 있다.
새끼들은 다시 새끼를 돌볼 뿐이다.

유전인자 속에 새겨진 번식의 본능을 따라
과거를 돌봐준 늙은 어미보다
미래를 책임질 새끼를 돌보며
일직선으로 달려가는, 시간 열차의 중간역이 될 뿐이다.

아래로 아래로만 흐르는 '내리사랑'은
그래서 또 한 세대를 성실히 키워 사회로 내어놓지만,
언제나 못다 한 회한을 가슴에 묻는다.

일요일이었다. 페루 피스코의 한 식당에 앉아 있었다. 전형적인 휴일이었다. 사람들이 멀지 않은 광장 벤치에서 휴식을 취했고, 청년 두엇이 수영복 차림의 모델 사진이 있는 신문 가판대 앞을 서성거렸다. 미장원에서는 아가씨가 오랫동안 윙~ 소리를 내며 머리를 말렸다. 햇살마저 느리고 나른했다.

식당 내부는 어둑했다. 창문과 출입문이 모두 초록색 간유리로 되어 있었기 때문이었다. 빛은 일부만 걸러져 안으로 들어왔다. 놀랍게도, 그 간유리의 무늬는 내가 어릴 적 그토록 신비롭게 들여다보고 또 들여다보았던 유리창 무늬와 똑같았다.

식당 주인 가족은 성당에 갈 준비로 부산했다. 옷을 잘 차려입고 머리를 매만졌다. 비교적 준비할 것이 적은 주인 할머니가 일요일 아침 댓바람부터 들이닥친 두 여행자에게 다가와 무엇을 먹을 거냐고 물었다. 아이는 샌드위치를, 나는 국수가 든 치킨수프를 주문했다.

치킨수프는 내가 원했던 딱 그 맛이었다. 맑았고 가벼웠다. 할머니를 앞세우고 아들 내외와 손자들까지 모두 성당을 향해 떠났다. 손님 때문에 가게를 지키게 된 것은 할아버지였다. 할아버지는 옆 테이블에서 칼을 들고 누런 종이를 냅킨 사이즈로 잘라 냅킨꽂이에 꽂고 있었다. 그렇게 하는 것이 냅킨을 사는 것보다 돈이 절약될 터였다.

할아버지가 잘라놓은 종이를 뭉텅이로 떨어뜨렸다. 개가 코를 킁킁대며 다가왔다. 할아버지가 소리쳐 개를 쫓았다. 그리고 종이를 주워 냅킨꽂이에 꽂기 시작했다. 식당 바닥은 흙이었지만, 그 행동이 비위생적으로 느껴지지는 않았다.

어쩌면 어린 시절과 똑같은 간유리 때문이었을 것이다. 아니면 그것을 통과하는 일요일 아침의 햇살 때문이었거나. 나는 할아버지의 칼 소리를 따라 어느새 타임머신을 타고 뒤로 뒤로 시간을 거슬러 가고 있었다. 시간의 모퉁이 속에서 외할머니가 종이를 자르고 계셨다. 매일 한 장씩 뜯어내야 하는 달력의 얇은 종이였다. 외할머니는 식당의 할아버지처럼 그것들을 차곡차곡 쌓았다. 그리고 방 한 귀퉁이 잘 보이지 않는 곳에 모아두셨다. 외갓집에서 그 종이를 사용하는 것은 외할아버지와 외할머니뿐이었다. 화장실에서만 사용하셨다.

"할머니, 창고에 휴지 있던데 왜 휴지를 쓰지 않으세요?"

외할머니는 잘못이라도 하는 아이처럼 눈을 내리깔고 부끄러워하셨다.

"이게 더 편해. 너무 오래된 습관이라서……"

외할머니는 일곱이나 되는 새끼들 입에 밥을 넣기 위해, 그것 말고도 아마 여러 습관을 들였을 것이다. 불편하고 거칠고 딱딱한 모서리가 있는 습관들을, 기꺼이. 일단 몸에 들인 습관은 몸 안의 장기처럼 굳건한 실체를 지닌 채 평생 그녀의 몸을 관통했다. 더 깨끗하고 더 부드러운 촉감의 세상을 누려보지도 못한 채 그녀의 생은 마감되었다.

외할머니는 말년에 꽤 오래 누워 계셔야 했다. 어느 날 우연히 외가댁 근처를 지날 일이 있었다. 잠깐 외할머니를 뵙고 집에 돌아갈까 하다 '다음에 들르자' 미루고 말았다. 함께 외출을 했던 아이에게 밥을 먹일 시간이었고, 거기에 더해 내가 반바지 차림이었기 때문이었다. 그다음 주에 외할머니가 돌아가셨다. 그러니, 인간은 얼마나 어리석은가.

나는 외할머니가 명절 때마다 당신의 새끼와, 그 새끼의 새끼들을 맞이하기 위해 정성스럽게 끓여놓으셨던 소고기뭇국을 생각하며 치킨수프를 먹었다. 외할머니가 쓰시던 달력의 일부가, 끝끝내 쓰시지 않았던 휴지의 일부가, 그 근검함이, 피처럼 흘러 내 어머니를 기름지게 했을 것이다. 내 어머니에게 흐른 그것이 다시 더 기름져져서 내게로 흘러들었겠지. 그리하여 간유리의 무늬와 그것을 통과하는 햇살을 신비롭게 들여다보고 또 들여다볼 수 있었던 유년의 안온함을 나는 충분히 누릴 수 있었을 것이다.

고작 자식에게 먹일 한 끼의 밥과 반바지 때문에 그 희생에 대해 무성의했으니, 나는 아마도 두고두고 이 못다 한 회한을 갚아나가야 할 것이다. 조금씩, 그 일요일처럼, 지구 반대편에서 느닷없이 마주한 간유리나 바닥에 떨어진 종잇조각 같은 것들을 통해서라도.

할아버지에게로 가 머리를 맞대고 누런 종이를 줍기 시작했다. 할아버지가 끙 소리를 내며 내게 미소 지었다. 그 머리숱과 눈썹

숱이 엇비슷했다. 우리는 한동안 말없이 종이를 주워 냅킨꽂이에 꽂았다.

마지막 종이로 나는 입을 닦았다.

피스코, 페루

○

매튜와 제임스

•

모성애처럼 익숙한 것이 있는가 하면
우리에게 다소 낯선 사랑도 있다.
게이와 레즈비언.

집단성이 강한 우리 민족은
'같지 않은 것'에 대한 적개심과 두려움이 유난히 크다.
OECD 회원국 중 다양성에 대한 지표는
최하위에 머무른다고 한다.

다양성을 인정하지 않는 사회는 미숙한 사회이다.
어린아이가 남의 집에 놀러가
"다 내 거!"라고 우기는 것과 크게 다르지 않기 때문이다.

나는 동성애자들을 좋아한다.
내가 만난 게이들은 차분한 남성성과
섬세한 여성성을 겸비한 사람들이었다.

때문에

군더더기 없이 세련되었으면서도

내면을 공유하는 데 숨김이 없었다.

다리를 훔쳐보지 않는 이성애자 남자와

밤새워 속 깊은 이야기를 나누려면

10년의 우정을 필요로 한다.

운이 좋으면,

게이들과는

만난 그날 가능하다.

샌프란시스코에서

매튜와 제임스를 만난 밤,

우리가 딱 그러했듯이.

샌프란시스코에 도착했을 때, 우리에게 주어진 시간은 만 하루뿐이었다. 페루로 들어가기 위해 잠시 거쳐 가는 경유지였기 때문이다. 하지만 알다시피 그곳엔 저 유명한 금문교가 있었다. 앙증맞은 트램도 있고, 아름다운 항구 '피셔맨스워프Fisherman's Wharf'도 있었다. 사람들은 그곳을 '사랑의 도시'라 불렀다.

한국에서, 나는 아이와 속닥거렸다.

"그래도 금문교는 가보자."

"트램도 재밌지 않을까?"

"서두르면 피셔맨스워프에 갈 수도 있을 거야. 거기 물개가 엄청 많대!"

열 시간의 비행과 두 시간여의 수속 끝에 호스텔에 도착했다. 커다란 창문으로 햇살이 환하게 쏟아지는 도미토리에 짐을 풀었을 때, 한국의 시간대는 밤이었다. 우리는 무성한 계획을 뒤로하고 곧장 침대에 드러눕고 말았다. 잠깐씩 잠에서 깨어날 때마다, 함께 방을 나눠 쓰는 두 남성의 조용한 속삭임이 들렸다. 미국식 영어였다. 설핏 눈을 떴다 감으며 생각했다.

'지금 이 빛이면…… 오후 시간일 거야. 피셔맨스워프는 못 가더라도 금문교에는 갈 수 있겠지.'

하지만 아이는 도통 깨어날 기미가 없었고, 나는 도로 잠이 들었다.

다시 미국 남성들의 속삭임 속에 눈을 떴다. 종일 지속되는 동양인 룸메이트들의 잠에도 불구하고, 미국 남성들의 속삭임은 매우 사려 깊고 조심스러웠다. 빛을 가늠해보았다.

'해가 지고 있구나. 금문교에 노을이 지면 정말 멋질 텐데……'

아이는 몸에 각인된 한국 시간에 충실하게 달고도 굳건한 잠을 잤다. 이제 막 시작된 여행이니 초반에 많은 힘을 빼 좋을 건 없으리라. 나는 아이 쪽을 쳐다보다 말고 조금 더 잤다.

다시 눈을 떴을 때 빛은 남김없이 사라졌다. 속삭임도 사라졌다. 미국 남성들은 외출한 것 같았다. 가고자 했던 곳 중 어느 곳에도 갈 수 없음이 명백해졌다. 남은 미련을 버렸다. 그런데, 그때 아이가 일어났다. 나가자고 했다. 트램을 타고 싶다면서. 물개도 보고 싶다면서. 밤 열한시였다.

때마침 미국 남성들이 들어왔다. 우리는 부스스 일어나 통성명을 했다. 매튜와 제임스. 얼핏 보아도 매우 예의바르고 다정한 50대 중반의 게이 커플이었다. 매튜는 작은 키에 갈색 머리칼을 지녔고 제임스는 금발에 키가 컸다. 그들은 내일 떠난다면서 우리에게 트램을 탈 수 있는 교통패스를 주었다. 그날까지만 유효한 교통패스였으므로 이미 샌프란시스코 여행을 마친 그들에게는 더 이상 의미가 없다는 것이었다. 감사의 말을 남기고 서둘러 방을 빠져나왔다. 오래된 흑백 영화에서나 볼 수 있을 법한, 육중한 쇠창살 엘리베이터를 타고 로비로 내려갔다.

"이 시간에 트램이 있을까요?"

호스텔 여직원에게 물었다. 여직원이 풍선껌을 질겅질겅 씹으며 고개를 갸웃했다. 트램이 있을 수도 없을 수도 있는 시간이라고 했다. 아이의 손을 잡고 어두운 거리로 나섰다.

90퍼센트 이상 셔터가 내려져 있었다. 10퍼센트에 희망을 걸고 트램 정류장에 가 섰다. 트램을 기다리는 건 우리 말고 나이 든 취

객 한 명뿐이었다. 잠시 뒤 그마저 슬그머니 사라져버렸다. 우리는 도로 중앙의 정류장에서 건들건들 샌프란시스코의 밤바람을 받았다. 시차뿐 아니라 갑자기 바뀐 기후에도 적응이 되지 않았는지, 옷깃을 여며도 쌀쌀한 바람은 거칠기만 했다.

트램이 두 번 다가왔다. 아이가 열렬히 손을 흔들었지만, 운행을 마치고 차고지로 향하는 것이었는지 운전사의 냉랭한 손짓과 함께 그냥 지나가버리고 말았다. 결국 자정이 되었다. 트램을 포기하고 밤길을 걸었다. 종일 주린 배가 태국 국숫집 앞에서 걸음을 멈추게 했다. 그 시각에도 국숫집 안에는 사람이 많았고 입구의 커다란 솥에서는 김이 모락모락 올라오고 있었다. 우리는 서로 마주 보았다. 고개를 끄덕했다. 들어가 뜨거운 국물을 마셨다.

그러고도 미련퉁이들처럼 우리는 걸었다. 조금 걷다가, 아이가 폐점 청소를 하는 스타벅스에 뛰어 들어가 쉬를 하고 나왔다. 또 조금 걷다가, 그때까지도 거리에 있던 '인간 마네킹'의 모자에 동전을 넣었다. 꿈쩍도 않던 마네킹이 과장된 동작으로 아이와 악수를 했다. 그러고는 우리를 끝으로 짐을 챙겨 떠나버렸다. 거리는 더 휑해 보였다.

남은 셔터가 내려지고 쇼윈도의 조명이 꺼졌다. 점점 어두워졌다. 점점 고요해졌다. 우리의 정신만 완전히 깨서 훤한 대낮이었다.

그래도 더 할 수 있는 것은 없었다. 방으로 돌아갔지만, 거기서 부스럭대기라도 하면 룸메이트의 취침에 방해가 될 것 같았다. 호스텔 로비로 나왔다. 새벽 두시가 넘은 시각이었다. 로비의 컴퓨터 책상에 아이가 일기장을 펼쳤고 나는 하릴없이 유리문 밖 거리를 내다보았다. 이제 문을 연 곳은 길 건너 클럽뿐이었다. 검은 옷차림에 피어싱을 하거나 해골 문양 재킷을 걸친 젊은이들이 클럽 앞에서 담배를 피웠다. 긴 밤이 될 것 같았다.

"당신들, 여기 있었군요."

고개를 돌려보니 작은 키에 갈색 머리, 매튜였다. 비닐봉지를 들고 있었다. 어찌된 영문인지, 매튜의 눈은 우리만큼이나 초롱초롱했다.

"제임스는 자요?"

"네."

"봉지 안에 뭐가 들었어요?"

매튜가 봉지째 내게 내밀었다. 약간의 치즈와 양파 그리고 토마토.

"이 시간에 요리를 하려고요? 주방도 잠겼을 텐데."

"주방을 여는 방법은 있어요. 물론 깨끗이 해놔야 한다는 전제에서지만."

그가 말을 마치고 로비의 여직원에게 윙크를 했다. 그녀가 풍선껌을 질겅질겅 씹으며 어깨를 으쓱하더니 카운터 위에 열쇠를 올려놓았다. 매튜와 제임스는 꽤 오래 샌프란시스코에 머물렀다더니, 여직원과도 제법 친분이 있는 모양이었다.

"뭘 요리할 건데요?"

"글쎄요. 제임스가 요리를 잘하지, 난 요리에 문외한이라…… 그냥 잘라서 빵에 얹어 먹을까 해요."

내가 씩 웃었다.

"흠…… 난 종일 잔 터라 잠도 안 오고 요리도 제법 좋아하는데. 이 메뉴로 뭘 할지도 벌써 떠올랐는데."

매튜의 얼굴이 환해졌다.

"오, 그럼…… 제발 실력 발휘를 해줘요!"

우리는 함께 주방으로 갔다.

양파를 볶다가 토마토를 으깨 넣고 물을 부어 충분히 끓였다. 마지막으로 치즈를 넣어 녹인 뒤 소금 간을 했다. 토마토수프였다. 마치 내가 초대한 테이블에 손님이 되어 앉은 양, 매튜가 허리를 곧게 펴고 정중하게 접시를 받았다. 여덟 개의 대형 탁자가 놓인 텅 빈 식당 한가운데에서, 숟가락을 들기 전에 그가 말했다.

"뭐라 감사의 말을 해야 할지. 새벽 세시의 뜨거운 수프라. 잊지 못할 추억이 되겠군요."

한 술 뜨고는 또 말했다.

"아, 맛있어요!"

갓 만든 따뜻한 음식을 앞에 놓고 마주 앉으면, 상대가 누구이든지 간에 무조건 존중하는 마음이 든다. 어린아이여도, 낯선 사람이어도, 이제 곧 헤어질 사람이어도. 주린 위장에 정성스러운 음식을 채워 넣음으로써 또 함께 한 걸음 나아갈 에너지를 구하는 겸허하고도 감사한 시간. 게다가 깊은 밤이었다. 모든 것이 무거운 닻을 내리고 휴식을 취하는 시간. 매튜와 나는 꾸밈없이 살아온 이야기를 나누기 시작했다.

매튜는 쉰여덟이었다. 금융권에서 일했다. 지금은 제임스와 함께 자동차로 아메리카 대륙을 여행하고 있었다. 대륙종단을 위해 알래스카에서부터 내려왔으며, 다음 목적지는 멕시코였다. 요리를 잘하고 부드러운 금발을 지닌 제임스는 뜻밖에도 자동차 수리공이라고 했다. "정말?" 내가 묻자, 매튜가 '놀랍지?' 하는 표정을 지으며 애정을 담뿍 담아 말했다.

"그게 제임스의 매력이에요. 엔진오일이 잔뜩 묻은 손으로 바지도 얼마나 잘 꿰맨다고!"

모닝커피를 마시는 카페가 같았다고 했다. 거기서 매튜가 수줍음 많은 제임스에게 말을 걸었다고 했다.

"우리는 그 카페에서만 주로 마주쳤는데, 막상 안면을 트고 보니 주로 가는 곳이 비슷했지 뭐야. 옷가게도, 빵집도, 소극장까지. 그게 벌써 25년 전의 일이죠."

그들의 연애담에 너무 집중한 탓이었을까? 내가 토마토수프를 셔츠 허리께에 흘리고 말았다. 매튜가 재빨리 일어나 행주를 따뜻한 물에 적신 후 세제를 묻혔다. 행주에 거품을 낸 뒤 "잠깐, 실례" 하며 내 셔츠에 대고 문질렀다. 앉아 있는 내 키와 맞추느라 한쪽 무릎을 바닥에 꿇은 채였다. 나는 매튜의 친절을 그대로 받았다. 게이들은, 여성이 새벽 세시에 그런 친절을 사심 없이 받을 수 있는 유일한 남성군일 것이다. 또한, 그런 순간에 즉각적으로 따뜻한 물과 세제의 거품을 결합해내는 보기 드문 남성군이기도 할 것이다.

드물기는 그들의 센티멘털리즘도 마찬가지였다.

"제임스와 난 아이를 참 좋아해요. 저렇게 JB가 책 읽는 것만 보아도, 저렇게 집중한 아이들 옆얼굴만 보아도 마냥 감동받아 어쩔 줄을 모르죠."

믿기지 않게도, 그는 그 대목에서 살짝 눈시울을 붉혔다.

"아, 놀라지 마세요. 제임스와 난 울보랍니다. 울보끼리 만나 눈물을 감추지 않을 수 있어 참 다행이라고 말하곤 하죠. 눈물과 미소는 살아 있는 한 얼마든지 또 생겨나는 것인데 아껴둘 필요가 없잖아요. 더구나 세상엔 감동을 주는 것들이 너무나 많고."

참으로 옳은 말이라 나는 고개를 끄덕였다. 미소를 참을 이유가 없듯, 눈물도 참을 이유가 없다. 미소처럼, 눈물은 그저 고유한 마음의 흐름일 뿐이니까.

유난히 사랑이 많은 나라를 여행하다 보면, 그곳 사람들이 더 많이 키스하고 포옹할 뿐만 아니라 더 많이 울기도 한다는 것을 알게 된다. 눈물을 참는다는 것은 자신을 억압하는 일이다. 눈물을 잘 참는다는 것은 자신을 잘 억압한다는 뜻이다. 그러므로 울지 않는다는 것을 자랑스러워할 필요는 없을 것이다.

"제임스와 함께 아이를 입양할까 하다가, 여러 이유로 그만두었어요. 법적인 이유도 있었고, 당시 경제적 사정도 좋지 못했죠. 그러다가…… 아이들을 키우기에는 좀 늦은 감이 있는 최근에야 아이들이 생겼어요. 우리가 멕시코로 가는 이유도 그 아이들을 보기 위해서입니다. 다 거기 있거든요."

서른 명이나 된다고 했다. 아이들의 나이는 초등학생부터 고등학생까지 다양했다. 멕시코의 빈민촌에 있는 고아원 아이들인데, 3년 전 여행 중 우연히 그 고아원을 방문하면서 인연을 맺게 되었다고 했다.

"수녀님이 운영하세요. 멋진 수녀님이시죠. 혼자서 무엇 하나 나무랄 데 없이 운영하고 계시니까요."

아이들 이야기가 나오자, 매튜는 아예 숟가락을 내려놓았다.

"제임스와 나는 그 아이들에게 해줄 수 있는 가장 좋은 것이 무엇일까 고민했어요. 수녀님의 능력 덕분에 고아원의 재정은 썩 괜찮았죠. 우리는 돈으로 후원하는 대신 다른 방식을 택했어요. 시간이 날 때마다 멕시코로 가서 아이들과 시간을 보내는 거예요. 서른 명의 아이들을 모두 데리고 외식을 하러 가거나 영화를 보러 가는 거죠. 아이들 중에 나이가 가장 많은 아이는 열여덟 살인데, 내가 영화관에 데려가기 전까지 한 번도 영화관에 가본 적이 없었어요. 믿어지나요? 외식도 마찬가지였죠."

매튜의 눈시울이 다시 붉어졌다.

"아이들과 수녀님은 우리에게 고맙다고 하지만, 제임스와 나는 그들에게 너무나 고마워요. 열여덟 살에 처음 영화관에 가는 아이와 함께 영화를 본다고 생각해보세요. 그때 그 아이가 어떤 표정을 지울지를. 고작 영화 한 편을 보여주고 그 모든 걸 곁에서 고스란히 바라볼 수가 있으니, 이보다 더 복된 일이 어디 있겠습니까. 게다가 아직 그 아이들에겐 해보지 않은 경험이 너무나 많아요. 우리가 할 수 있는 복된 일도 덩달아 많이 남아 있다는 뜻이죠. 제임스와 나는 밤에 나란히 누워서, 다음에 무엇을 할까 이야기하다가 잠들곤 해요. 좋아할 아이들의 얼굴을 생각하면서. 축복이죠."

나는 매튜에게 당시 진행 중이었던 '하쿠나 마타타 프로젝트'에 대해 이야기했다. 내 책의 인세 수익금과 독자의 기부로 진행되고 있는 제3세계 도서관 짓기 사업이다. 제3세계에는 아이들이 꿈을 키울 공간이 턱없이 부족하다. 때문에 가난과 범죄가 쉽게 대물림된다. 주로 제3세계를 여행하며 글을 쓰는 나는, 어떤 식으로든 내 글의 원천이 되어준 나라에 감사를 표하고 싶었다. 그곳의 눈 맑은 아이들과 내 아이가 어울려 놀다가, 돌아올 때는 내 아이만 잘 먹고 잘 사는 이곳으로 데려오는 것도 언제나 마음이 따끔거리는 부분이었다. 그래서 시작된 프로젝트는 그때 우간다와 라오스에 이어 세 번째 도서관을 기다리고 있었다. 성금을 모으고, 영어 동화책을 수거하고, 한날한시에 모여 수거된 동화책을 직접 포장해 보내는 일까지, 팔 걷어붙이고 도와준 독자들과 월드비전 관계자들이 없었다면 어림없었을 일이다.

나는 매튜에게 동아프리카에서 만난 한 영리한 소년에 대해 이야기했다. 소년의 꿈은 기자였다.

"그런데 이곳엔 책이 없어요. 나는 공부하고 싶어요. 책을 읽고 싶어요. 책을 보내주세요."

소년의 목소리에는 아직 좌절하지 않은 미래가 희망이라는 이름으로 담겨 있었다. 소똥 무더기와 마른풀이 가득한 벌판 가운데 있는 학교에서였다.

또 다른 아프리카 소년에 대해서도 이야기했다. 눈도 깜짝 않고 내게 거짓말을 해서, 도와주려는 나를 도리어 곤경에 빠뜨렸던 소년이었다.

"여기엔 우리가 할 일도, 갈 곳도 없어요. 달리 뭘 하란 말이에요?"

소년은 그것도 모르느냐 목소리로 내게 반문했다. 어머니는 병들어 누워 있고 아버지는 에이즈로 사망한 소년이었다.

제3세계의 아이들은 언제나 손을 내민다.

"어서 잡아! 그리고 같이 가자!"

천진하게 그리고 당당하게 아이들은 말한다. 그들에게는 그럴 권리가 있다. '지구라는 집'의 가난하고 어린 가족으로서, 보호받고 요구할 권리가 있는 것이다. 우리에게는 그들의 손을 잡아줄 의무가 있다. '같은 집의 다른 방'에서 끼리끼리 호의호식하는 가족으로서, 그들의 목소리에 귀 기울이고 이곳에서 남아도는 것을 함께 나눌 의무가 있는 것이다. 아이들이 내민 손을 더 힘껏 잡아주지 못하는 것이 언제나 미안할 따름이다.

잠자코 듣던 울보 매튜가 또 눈시울을 붉히며 소리 높여 말했다.

"세 번째 도서관은 멕시코에 지어요. 우리 아이들이 있는 곳에!"

우리는 한참 껄껄 웃었다.

매튜와 제임스는 샌프란시스코에서 그랬던 것처럼 여행 중 도미토리에 묵는다고 했다. 젊지 않은 나이에 화장실도 딸리지 않은 도미토리에서 젊은이들과 함께 방을 나눠 쓰는 여행자들. 기억을 더듬어보니, 매튜와 제임스뿐 아니라 도미토리에서 만난 나이 지긋한 여행자들이 들려주는 삶의 육성은 거의 모두가 특별하고 아름다웠던 것 같다. 좁은 방을 여럿이 나눠 쓰듯, 그들의 삶을 여럿에게 나눠주고 있었기 때문일까?

키다리 제임스가 식당에 들어섰다. 매튜가 토마토를 들고 실종된 지 한참이 지나도 안 나타나자 찾아 나선 모양이었다. 그가 토마토수프를 보며 농을 던졌다.

"매튜, 네가 나 말고 부엌의 천사를 찾아냈구나! 질투 나는데!"

그들은 나란히 앉아 어깨에 손을 두르고 가볍게 입맞춤했다. 오랜 세월 몸과 마음을 서로에게 맞춰온 커플의 조화와 안정감이 배어 있는 입맞춤이었다.

제임스는 매튜가 남긴 식은 수프를 남김없이 먹어치웠다. 그리고 접시를 내려놓으며, 황송하게도 내게 동양식으로 고개를 숙여 인사했다. 그것이 내게는 매튜에 대한 깊은 사랑으로 다가왔다. '우리 배고픈 어린양, 매튜에게 음식을 만들어주어 고맙습니다'라고 말하는 것 같은.

네 남녀는 계속 수다를 떨었다. 다음 날 바삐 움직일 일정에 생각이 미칠 때마다 "우리 이러면 안 되잖아?" 했다가도 이내 수다를 이어나갔다. 새벽 다섯시, 우리는 그제야 길고양이들처럼 살그머니 주방을 빠져나와 제각각 위아래 침대로 기어들어갔다.

다음 날, 아니, 그러니까 같은 날 아침 샌프란시스코의 공항에서 비행기를 기다리는 동안 서점에 들어갔다. '샌프란시스코, 사랑의 도시The City of Love'라는 문구가 아로새겨진 빨간 하트 조형물이 놓인 선반에서 사진집 하나를 펼쳐들었다. 거기엔 우리가 가보지 못한 아름다운 금문교 사진과 함께 다음과 같은 문구가 쓰여 있었다.

긴 여행을 시작하는 시점에서 내가 꼭 마음에 담아두어야 할 문구였다. 눈을 감고 낮게 소리 내 읊조려보았다.

우리가 언제나 도착하고 또 떠나고 있다면,
우리가 영원히 닻을 내리고 있다는 것 또한 진실입니다.
한 사람의 목적지는 결코 장소가 아닙니다.
오히려 사물을 바라보는 새로운 관점입니다.

_헨리 밀러

샌프란시스코, 미국

스파이와 본드걸

•

내가 만난 레즈비언들 중에는
육중한 시선을 지닌 이들이 많았다.

사물의 윤곽이 뚜렷해질 때까지
두려움 없이 들여다보고
원하는 것이 있으면
그 중앙을 깊숙이 찔러볼 줄 알았다.

수다스럽지 않은 그들이
'키워드'만으로
툭툭 대화에 참여할 때마다
나는 그 무게감에 압도되었다.

한 개인의 경험이란,
또 하나의 편견일 뿐이다.

그러나
경험된 편견은
경험되지 않은 편견보다
더 빈번히 옳다.

내가 '경험'한
또 하나의 편견 속에
슈본과 레아가
아름답게 자리 잡고 있다.

그녀는 영국인이었다. 이름은 슈본. 하지만 나는 그녀를 '스파이'라고 불렀다. 소련이 붕괴되기 전, 그러니까 미소 대립을 소재로 한 첩보영화가 한참 유행이었을 때 그녀와 꼭 닮은 여배우가 주인공 스파이로 나오는 영화를 본 적이 있기 때문이다. 영화 속에서 여주인공은 과묵했고, 심지어 잔인한 고문 앞에서도 신음 소리를 내지 않았다. 슈본은 그 주인공처럼 굵직하고 아름다운 이목구비에 남성적인 체격을 지녔다. 걸음걸이와 어투, 눈빛마저 남성적이었다.

"스파이? 하하. 마음에 들어. 난 언제나 스파이가 되고 싶었으니까."

스파이는 레아와 함께였다. 레아는 슈본보다 가녀리고 조용한 여성이었다. 둘은 아주 잘 어울렸다. 여행 중 아름다운 풍광을 만날 때마다, 감격에 젖어 서로 손을 꼭 잡았다. 포옹을 하거나 키스를 했다. 그래서 나는 레아를 '본드걸'이라고 불렀다. 사랑스러운 두 여성 커플은 만면에 미소를 띠며 내가 지어준 별명을 마음에 들어 했다.

스파이와 본드걸은 영국의 초등학교 선생님이었다. 교직에 대한 회의와 장기 여행에 대한 열망, 두 개가 합쳐져서 사표를 냈다고 했다. 스파이가 대범하게 말했다.

"뭐가 될지는 이제 다시 생각해봐야지. 일단은 올해 크리스마스부터 즐겁게 보낼 계획이야. 우린 있는 돈을 다 긁어서 여행을 떠나왔거든. 올해의 마지막에는 남태평양의 섬에 있을 거야. 거기서 크리스마스를 보내면서 내년을 생각해볼 거야."

동성애 커플처럼, 세상의 마이너리티들과 대화하는 것은 즐거운 일이다. 그들이 주어진 좁은 입지를 질료 삼아 만들어낸 창의적인 사고방식은 때로 통쾌하고, 때로 심오하기 때문이다.

어느 날 저녁, 내가 물었다.

"레아가 초등학교 선생님이었다는 건 충분히 상상이 가. 하지만 스파이, 네가 애들을 가르치는 건 상상이 안 되는데?"

"내 전공은 체육이었어."

"아하, 이제야 상상이 되는군!"

본드걸이 사뭇 자랑스럽게 덧붙였다.

"슈본은 주말마다 여성 축구팀을 이끌었어."

한참 남성 우월주의에 빠져 있는 열 살 중빈이 끼어들었다.

"여자 축구단이라고요? 그 '크라잉 머신'들이 축구를 한다고요?"

"'크라잉 머신'이라니? 네 또래의 여자애들을 말하는 거니?"

전직 선생님다운 진지한 표정으로 스파이가 말을 이었다.

"모든 여자애들이 '크라잉 머신'은 아니야. 너만 했을 때 난 우리 동네 남자아이들과 매일 축구를 했어. 그리고 예외 없이 이겼지. 한, 번, 도, 울, 지, 않, 았, 어."

할 말이 없어진 중빈이 입술을 씰룩거렸다.

"하필이면 스파이와 붙다니, 그 동네 사내 녀석들 억세게 재수도 없었군."

우리는 와하하 웃으며 호스텔에서 제공한 싸구려 와인을 마셨다.

"그다음에는?"

나중에 내가 물었다.

“그다음엔 어땠어? 스파이, 너는 그다음에도 울지 않았을 것 같아.”

과연 스파이답게, 슈본이 ‘진짜 대답’을 감춘 채 나를 묵직한 시선으로 응시했다. 그리고 잘 알지 않느냐는 듯 씨익 웃었다. 그러자 희고 가지런한 이와 함께 ‘진짜 대답’이 훤히 드러났다.

‘곁에서 보면, 조금 다른 인생일 거야.

하지만 안으로 들어와 보면, 조금만 다른 인생일 거야.’

그 씩씩한 미소가 좋았다.

슈본과 레아

○ 그들이 짓는 성당처럼

•

사랑은 반드시 크고 어려워서
정해진 대상과, 특정한 상황에서만
나눌 수 있는 것일까?

바람처럼 나눌 수는 없을까?

잠시 앉았다 가는 공원의 벤치에서,
근교를 향해 달리는 버스의 뒷좌석에서,

새싹이 움트는 봄
음료수를 사러 들른 동네 편의점 앞에서,

모처럼 흥얼거리는 노래처럼
가볍고 청량할 수는 없을까?

상대가

이성이든, 어린아이든, 할머니든

상관없이

스치는 것이 기뻐 가진 것을 나누고

돌아서서는 이내 서로를 그리워하는 것.

그 사랑에 빠지기 위해

또 산책을 나선다.

짐을 꾸리고 장거리 버스를 탄다.

마음을 열면,

사랑을 주고

사랑할 대상들이 지천이다.

스마트폰을 들여다보느라
쇼윈도의 물건을 지나치듯
사람을 지나치지 않는 길,
서로를 살피며 걷는 길,
때로 좁아서 닿기도 하고
닿다 보면 남 같지 않아 짠해지기도 하는 길,

그 길을 찾아 걷고 또 걷는다.

활동을 장소와 돈으로 제한하는
우리의 현대는 틀렸다.

노래는 노래방에서만 하는 것이 아니다.
동하면 그녀의 집 앞에서도 목청을 높여야 한다.
춤도 클럽에서만 추는 것이 아니다.
동하면 거리에서도 잠시 몸을 풀어놓아야 한다.

아직도 세상에는

그런 '살아 있는 감각'을

돈보다 중시하며

살아가는 사람들의 나라가 있다.

그저 잠시 나란히 앉았을 뿐인

페루의 아르카디오는 깨닫게 해주었다.

어디에나 사랑이 있다.

모든 것이 사랑이다.

페루의 푸노Puno로 이동하는 버스를 타고 있을 때였다. 남루한 옷차림의 두 남자가 옆으로 와 앉았다. 그들에게선 씻어도 사라지지 않을 냄새가 풍겼다. 손톱 또한 씻어서 사라지지 않을 때로 새카맸다. 한평생 야외에서 먼지와 날것을 주무른 손만이 가질 수 있는 검은 때였다. 고작 자판이나 두드리는 손을 지닌 나는, 그런 손에 경외심을 가지고 있다. 그래서 먼저 과자를 꺼내 한 주먹씩 나눠 드렸다. 반대로 그들은 자신들의 냄새와 더러움 때문에 내게 조심스러운 눈치였다. 발치에 놓인 낡은 가방이 먼 나라에서 온 손님에게 닿지 않게 정리하고 또 정리하면서, 나를 계속 '세뇨리타아가씨'라고 불렀다. 옆의 아들이 나를 가리키며 '세뇨라부인'라고 몇 번이나 정정해주어도 소용없었다. 그들의 눈에 깨끗한 손을 지니고 샴푸 향기를 풍기는 나는 세뇨리타일 뿐이었다.

그들은 목공과 석공이었다. '페루'의 목공과 석공이라니! 마추픽추를 비롯한 잉카 문명의 그 거대한 족적은 바로 목공과 석공의 손을 빌려 완성된 것이나 다름없지 않은가? 나는 이 우연한 만남이 기뻐서 얼른 스페인어 사전을 꺼냈다. 내가 스페인어를 하지 못했기 때문에 우리는 서로 단어 하나하나를 찾아서 보여주는 식으로 소통하기 시작했다. 그런데 그들은 사전 찾는 것에 익숙하지 않았다. 하나의 적절한 단어를 찾기 위해서는 사전 한 권을 앞부터 뒤까지 통으로 뒤적여야만 했다. 그것이 답답하게 느껴지지는 않았다. 오히려 그런 불편을 감수하면서까지 나와 대화를 멈추지 않으려는 그들의 진지한 성의에 깊이 감화받아 기다렸다. 검게 그을린 얼굴을 사전 속에 파묻고서, 그들은 결코 포기라는 걸 모르는 사람들처럼 찬찬히 사전의 얇은 종이를 넘겼다.

창문 밖으로 때때로 야생마가 풀을 뜯었다. 보기 힘들다는 야생 알파카도 들판을 거닐었다. 건기의 누런 안데스 산맥을 배경으로 가끔은 사파이어처럼 파란 강물이 흘렀고 사람들은 일요일을 맞아 강가에서 빨래를 하고 있었다. 황량한 건기의 초원은 그들이 널어놓은 빨래 덕분에 화려한 꽃밭만 같았다.

사전 한 권을 뒤적일 때마다 겨우 한 단어의 정보가 주어졌다. 석공의 이름은 '아르카디오'. 마흔두 살이었다. 조금 더 나이가 든 목공의 이름은 '유제니아'였다. 푸노에 성당을 지으러 가는 길이라고 했다. 그들은 우리가 한국에서 왔다는 것과 페루의 어느 곳을 여행했는지 두루두루 알아냈다. 한 단어의 의미가 밝혀질 때마다 서로 손뼉을 치며 커다랗게 웃었다. 말이 통하지 않는다는 것은—때로 그처럼 역설적이게도—우리에게 소통의 가장 본질적인 즐거움을 누리게 한다. 아는 만큼 순수하게 기쁜 것. 어렵사리 밝혀지는 만큼 감사하는 것.

서너 시간 후 버스 안으로 한 소년이 들어왔다. 고산지대의 따가운 볕에 그을려 트고 갈라진 뺨을 한 소년이었다. 소년은 비닐봉지 안에 다섯 개의 빵을 담아 고작 1솔약 350원을 받았다. 나는 그 빵을 사서 아르카디오와 유제니아 그리고 아들과 소년에게 고루 나누어주었다. 자꾸 받는다고만 생각했는지, 아르카디오도 줄 것을 찾더니 낡은 가방에서 코카잎을 꺼내 내밀었다. 코카잎은 코카인의 재료가 되기도 하지만, 그것은 돈 많고 탐욕 많은 세상 저편의 고약한 이야기일 뿐, 이곳 고산지대의 사람들에게는 고지대의 두

통을 가라앉혀주는 '찻잎'일 뿐이었다. 차가 나왔으니 물이 나올 차례였다. 아르카디오가 다시 가방을 뒤적였다.

그런데 세상에! 이번에 아르카디오의 가방에서 나온 것은 라마 다리였다. 라마는 안데스의 고원지대에서 흔하게 살아가는 가축이다. 얼굴은 낙타와 흡사하고 크기는 염소와 견줄 만하다. 그 라마의 다리 한 쪽이 아르카디오의 손에 들려 있었던 것이다. 아르카디오는 먼저 '죽이다'라는 단어를 찾아냈다. 그리고 '만들다'는 단어를 찾았다. 이어, 먹는 모습과 가죽을 벗기는 모습 그리고 끈으로 엮는 모습을 흉내 냈다.

잉카 문명에서는 예나 지금이나 중요한 의식이 있을 때마다 태양신에게 라마를 잡아 바치는 풍습이 있다. 스페인이 잉카를 정복한 후 천주교가 전파되었지만, 지금도 그들의 천주교는 잉카의 문명과 혼합된 형태로 독특하게 남아 있다. 같은 이유로 독실한 천주교 신자인 아르카디오도 라마를 잡았고, 그때 얻은 다리 가죽 속에 병을 넣고 가죽 끈으로 엮어 매우 야성적인 물병을 탄생시켰던 것이다. 발굽까지 고스란해서 곧 내달릴 것만 같은 라마 다리 물병을. 그 독특한 물병에 감탄하자, 아르카디오가 물병을 내게 내밀었다. 가지라는 뜻이었다. 그럴 수 없다고 사양하자, 그가 몇 번이나 자신을 가리키며 말했다.

"탈리아! 탈리아!"

그리고 또 나를 가리키며 말했다.

"마드리아나! 마드리아나!"

나는 도통 그 의미를 눈치 챌 수가 없었다. 답답했던지 곁에서 지켜보고 있던 유제니아까지 가세했다. 두 남자가 순서대로 내게 단어의 의미를 설명하려고 애썼지만 뭔가 추상적인 단어임이 분명했다. 그들이 다시 사전을 뒤적이기 시작했다. 꽤 까다로운 단어인 듯, 이번엔 더 오랜 시간이 걸렸다. 사실 우리가 단어를 찾아내는 속도는 평균 한 시간에 두 단어 꼴이었다. 하지만 돌과 나무를 다듬는 사내들답게 그들은 묵묵히 원하는 단어를 찾아냈고, 마침내 새카만 손톱으로 그것을 가리켰다.

madriana | 교모, 수녀, 대모

아르카디오는 말하고 있었던 것이다.

'나의 세례명은 '탈리아'예요. 그리고 이제 당신은 나에게 교모와 같습니다.'

그는 다시 라마 다리를 가리키며 '선물하다'라는 단어를 찾아냈고 '장식품'이란 단어도 찾아냈다. 그리고 전화하는 시늉을 했다.

○
아르카디오와 유제니아

'누가 전화해서 "탈리아"라고 말하면, 바로 이 아르카디오임을 기억하세요. 당신은 내 교모니까요.'

그들은 내게 한국의 전화번호를 가르쳐달라고 했다. 수첩을 꺼내서 버스가 흔들릴 때를 피해 느릿느릿 전화번호를 적는 내내, 아르카디오와 유제니아는 설렘 가득한 얼굴로 펜 끝을 지켜보았다. 그 얼굴이 몹시 아렸다. 순박한 그들은 우리가 국제전화를 붙들고 한 시간에 두 단어 꼴로 대화할 수는 없다는 걸 모르고 있었던 것이다. 종이를 찢어 건네자, 아르카디오가 고액의 수표를 보관할 때처럼 정성스럽게 반으로 접어 가슴팍 주머니에 넣었다.

나는 그들이 어떤 식으로든 오늘의 인연을 소중하게 간직하고 싶어 한다는 것을, 나아가 더 이어가고 싶어 한다는 것을 이해했다. 마음이 간절히 무언가를 원할 때, 중요한 것은 '현실성' 여부가 아니다. 간절함이 조금 더 꿈꿀 수 있도록 부축해주는 작은 단서들이다. 평범한 우리들은 대교를 건설하기보다 징검다리를 놓으므로. 하나를 간신히 놓아 디디고 다시 다음 디딜 곳을 보며 살아가므로. 목적지인 푸노가 점점 가까워졌다.

나의 징검다리도 다음 디딜 곳이 필요했다. 그들에게 전화번호를 달라고 했다. 아르카디오와 유제니아는 매우 기뻐하면서, 신중하게 한 자 한 자 써나갔다. 깜짝 놀랄 만큼 아름다운 필기체였다. 주소와 가족 모두의 이름, 심지어 그들의 나이와 세례명까지, 흔들리는 버스 속에서도 흔들림 없이, 돌에 비문을 새겨 넣듯, 나무에 음각을 파 넣듯 빼곡히 적었다. 아, 수없이 많은 곳에서 수없이 많은 사람들과 연락처를 주고받았건만, 나는 그토록 애틋한 연락처를 받아본 적이 없었다. 깊이 감사하면서 한국어로 말했다.

"알겠어요, 아르카디오. 내가 한국에 돌아가 전화를 받았을 때 '탈리아'라고 하면 바로 당신임을 잊지 않을게요. 교모라는 건 너무나 큰 자리이지만, 당신이 제게 주셨으니 고맙게 받겠습니다. 그리고 이 라마 다리도요. 집에서 가장 잘 보이는 곳에 두고 당신을 기억할게요."

눈빛과 어조와 분위기를 통해, 아르카디오는 내 한국어를 이해했다. 그래서 매우 흡족하게 미소를 지었다.

그때 아이와 나는 여행을 시작한 지 얼마 안 되었을 때였다. 안 그래도 두꺼운 겨울옷으로 가득 찬 가방 속에 큼지막한 라마 다리가 들어갈 자리가 있을 리 만무했다. 하지만 진심으로 감사하며 그것을 받았다. 자리라는 건 언제나 '조금 더' 배려하는 마음을 통해 또 만들어지기도 한다는 것을 앞선 여행들이 내게 가르쳐주었기 때문이다.

잠시 후 그들이 먼저 버스에서 내렸다. 아이와 나는 힘껏 손을 흔들었다. 그들이 보이지 않을 때까지.

"오, 마이 갓!"

아들이 라마 다리를 손에 쥐고 잘 믿어지지 않는다는 듯한 표정을 지었다. 그러고는 헤벌쭉 웃으며 칼싸움하는 흉내를 냈다. 나는 눈을 감고서, 이제 그들이 완성해낼 멋진 성당이 어떤 모습일까를 생각해보았다. 어떤 사람들을 품을 것이며, 어떤 염원들을 하늘에 전달할 것인가를.

나는 그 성당이 마추픽추처럼 후대에 멋진 '신전'으로 남기를 기원했다. 어쩐지 꼭 그렇게 될 것만 같았다. 계산할 줄 모르는 그들의 아이 같은 순박함과, 30분에 한 단어를 전하면서도 지치지 않는 정성스러운 인내심과, 아끼는 것을 아낌없이 나누어줄 줄 아는 크고 따스한 마음이 성당의 돌과 나무에 함께 스며들 테니까.

푸노, 페루

○

빙그레 식품

•

사랑에 고픈 자가 할 일은

다만

저 골목 어귀를 도는 일.

거기

따뜻한 체온을 지닌

사람이 있다.

눈을 맞추라.

이야기가 시작된다.

머물라.

그가 당신 안으로 들어온다.

생이라는 단 한 번의 축제,

더 울고 더 웃으라.
더 섞고 더 나누라.

골목 어귀에서
우리를 맞이했던 슈퍼 할머니는
'어쩌면 사랑이란
바람처럼 가볍게 누군가의 창가에 닿아
풍경을 울리는 일처럼 쉬운 것'이라고 일러주는 듯했다.

빙그레 식품. 수십 년 전에 지어진 듯한 이 낡은 이름의 슈퍼는 종로구 효자동에 있다. 나는 종종 아이와 자전거를 타고 서울 시내를 달리다가 경복궁 돌담 옆 이곳에 도착한다. 문을 열면 안경을 낀 할머니가 바지런히 뒷방에서 나오셔서 물건을 고를 때까지 다소곳하게 서 계시고, 드물게 할머니가 계시지 않을 때면 지팡이를 짚은 할아버지가 느릿느릿 뒷방에서 나오셔서 흔들흔들 잘 제어되지 않는 고개를 열심히 제어하며 물건 값을 계산하신다. 할아버지의 몸은 말을 듣지 않지만 셈만큼은 언제나 깜짝 놀랄 만큼 정확하다.

아이와 나에게 빙그레 식품은 일종의 중간 충전소다. 우리는 이곳에 들러 각자 우유와 물을 마시고 힘을 추슬러 집으로 돌아갈 준비를 한다. 어느 날 아이가 우유를 사자 할머니가 빨대의 껍질을 벗겨 내미셨다.

"저 빨대 필요 없어요!"

"아이구, 이제 다 컸다구 빨대는 필요 없구나! 몇 살이야?"

"여덟 살. 학교 다녀요!"

"아이구, 학교 다니는 형아로구나. 그러니 빨대는 필요 없지!"

아이는 보란 듯이 우유갑을 열어서 단 몇 모금 만에 꿀꺽 비워버렸다. 마시고 나서는 가파르게 숨을 쉬며 할머니를 똑바로 바라보았다.

"아이구, 이렇게 잘 마시네! 정말 형아로구나! 이런 형아한테 내가 빨대를 주었구나!"

할머니는 언제나 '아이구'로 말씀을 시작하셨다. 알다시피, 아이구는 감탄사이다. 고맙고 놀랍고 기쁘고 슬프고 아름다운 것 앞에서 마음의 문을 열 때, 닫혀 있던 것이 '끼이익' 가식 없이 열리는 소리와 같다. 할머니에게는 감탄할 것이 많았다. 우리가 자전거로 그 먼 곳에 온 것도, 이제 다시 돌아갈 것도, 곧 해가 질 것도, 그럼에도 "전 잘 갈 수 있어요. 집에서 한강까지도 자전거 타고 가봤는 걸요!" 말하는 아이의 지침 없음도, 할머니에게는 모두 '아이구!'라는 감탄의 대상이었다.

첫 대화를 나눴던 저녁, 할머니는 우리가 사라져 보이지 않을 때까지 슈퍼 밖에 서 계셨다. 예의 두 손을 모은 다소곳한 자세로 뒤돌아볼 때마다 한 번씩 어여 가라고 고개를 끄덕끄덕하시면서. 단번에 할머니가 좋아졌다.

이후, 우리는 목이 마르지 않아도 그곳에 들러 물과 우유를 샀다. 이제는 구경조차 하기 힘들어진 고딕체의 낡은 간판, 구부러진 출입문 새시, 건전지와 목장갑과 과자가 한데 뒤섞인 선반들 뒤로 발갛게 부식되었으나 은은한 온기를 뿜어내는 연탄난로, 그 곁에서 밤낮으로 데워지는 쌍화탕과 두유…… 모든 것이 낡은 그곳에서는 가격마저 변함이 없어서, 우유 값이 한참 널을 뛰던 때에도 "됐어. 그만큼만 줘" 할머니는 옛 가격을 고수하셨다. 바로 옆옆 집에 24시간 편의점이 화려하게 등장했을 때에도 할머니는 내 걱정을 오히려 담담히 다독이셨다.

"바로 옆에 오다니, 얌체야. 그래도 괜찮아. 크게 힘들어지진 않을 거야."

어느 저녁 아이가 과자와 우유를 골랐을 때 할머니는 시장에 가고 안 계셨다. 귀가 잘 들리지 않는 할아버지를 대신 붙잡고 아이가 자꾸 시간을 끌었다.

“저 모르시겠어요? 전에도 자전거 타고 왔던 아인데…… 저번에 노란 헬멧 쓰고 왔는데 오늘 그걸 안 쓰고 와서 기억이 안 나시나 보다. 할머니는 언제 오세요?”

누군가가 좋아지면 보고 싶어진다. 곁에 머물고 싶어진다. 중빈은 기어이 과자를 다 먹고 가겠다며 연탄난로 곁 테이블에 앉았다. 엉거주춤 할아버지도 곁에 앉으셨다. 손님이 들어올 때마다 지팡이를 짚고 기우뚱 일어서는 할아버지의 모습은 몹시 힘겨워 보였다.

“할아버진 앉아 계세요. 엄마, 엄마가 좀 대신 팔면 안 돼?”

나는 어정쩡하게 일어섰으나, 가격도 제대로 몰랐고 할아버지만큼 셈도 잘 못했으므로, 그저 만약을 대비해 할아버지의 흔들리는 몸 옆에 가까이 서 있을 뿐이었다.

그렇게 주인도 손님도 아닌 채로 좁고 침침한 가게 통로를 드나드는 이들을 지켜보고 있자니, 금방 몇 가지 사실을 알게 되었다. 가게만큼이나 오래된 단골들이 바로 옆의 화려한 편의점을 놔두고 굳이 초라하고 불편한 이곳으로 온다는 것. 그들 중 꽤 많은 이들이 할머니가 어디 가셨는가를 묻고 불편한 할아버지를 대신해 스스로 물건을 찾아낸다는 것. 할아버지가 순간적으로 중심을 잃을 때마다 중빈처럼, 나처럼, 동시에 염려하고 안도한다는 것. 그곳에 드나드는 이들은 대체로 '팔아주는' 마음으로 오는 이들이 아니라 '돌보는' 마음으로 오는 이들이라는 것. 그리고 돌보러 오는 이들의 마음을 또 돌보는 것은 다소곳이 두 손을 모으고 "아이구!" 감탄하는 할머니였다는 것. 그런 아름다운 사실들을.

할머니가 돌아오셨다.

"아이구, 또 이 먼 데까지 왔구나!"

할머니는 장바구니를 내려놓으시고 아이의 머리부터 쓰다듬으셨다. 그리고 내게 오렌지 주스를 내놓으셨다. 우리는 한동안 난로 곁에서 이야기꽃을 피웠다. 할머니의 가족에 대해, 할아버지의 건강에 대해, 내 가족에 대해, 이제 집으로 돌아가 아이가 해야 할 숙제에 대해……

밤이 되었다. 나는 일어서면서 약간 망설이다가 주스 값을 드리고 싶다고 했다. 할머니가 내 손을 꼬옥 잡았다. 안경 너머로 주름이 가득한 깊고 다정한 눈을 빛내며 말씀하셨다.

"나 그렇게 아등바등 살지 않아……"

순간, 무언가 뜨뜻한 것이 확 끼쳤다. 나는 황제가 거닐던 정원에도 가보았다. 명작으로 벽을 메운 금빛 방에도 서보았으며 절벽을 파서 만든 돌집에도 앉아보았다. 그러므로, 공간이란 사람에 의해 차갑게 식었다가 다시 사람에 의해 뜨뜻하게 데워지기도 한다는 것을 알고는 있었다. 그러나 마치 처음으로 그것을 깨닫는 사람처럼, 그 순간, 녹슨 선반과 시원찮은 조명 아래 뒤섞인 공산품의 뜨뜻한 체온에 둘러싸였다. 아등바등 살아가는 이들만이 원할 법한 물건들 사이에서, 한평생 아등바등 살지 않은 이가 머물며 덥히고 퍼뜨린 체온. 마음이 절로 중얼거렸다. 체온은 무지갯빛이로구나.

할머니와의 이별은 다시 길었다. 할머니가 점처럼 작아지고, 우리의 시력이 다하는 지점이 이별의 지점이었다. 페달을 밟는 아이 곁에서 함께 페달을 밟으며 이번에는 내가 감탄했다. 둘 다 달리고 있었기에 거의 외쳐야 했다.

"너무 멋있어!!"

아이도 외치듯이 물었다.

"뭐가??!!"

"할머니 마지막 말씀!! 올해 내가 들은 말 중 가장 멋진 말이야!!"

아이는 무슨 뜻인지 이해하지 못했다. 평생 가지지 않으면서, 평생 아등바등하지 않는다는 것의 의미는 나 또한 아직 잘 모른다. 그것이 멋진 일이라는 것만을 알 뿐. 그래도 아이는 '할머니'와 '멋지다'는 두 어휘 사이의 밀접함을 어렴풋이 인정하기에 알은체를 한다.

"아항~ 그거!!"

우리는 충전된 건전지들처럼 달렸다.

○ 은별이

•

여행하는 것과 약속하는 것.

이 두 어울리지 않는 요소를
한데 엮을 수 있을까?

특히 여행 중 만난 사랑에
약속을 할 수 있을까?

제3세계를 여행하면서
나는 아이들이 작은 새처럼 내 품에 안겨
다시 돌아오라고 말하면
약속해버리고 싶었다.

다시 돌아올게,
다시 돌아올게,
다시 돌아올게……

하지만 번번이,

입이 떨어지기 전에

계산과 계획이 먼저 따라붙었다.

언제 돌아오지?

어떻게 돌아오지?

나는 아이들에게 약속해주지 못했다.

그리고 여행을 계속했다.

방법을 찾을 때까지.

은별이는

그 중간쯤에서 만난 아이였다.

국내 여행이었기에 처음으로 쉽게 약속했다.

"다시 돌아올게."

5월, 어느 빛 좋고 바람 좋은 날, 우리 가족은 선유도로 갔다. 그 섬에서 한 아이를 만났다. 일곱 살, 이름도 예쁜 은별이었다. 섬에는 유치원도 또래 친구도 없었다. 덕분에 은별이는 새 친구, 그러니까 서울에서 온 동갑내기 중빈이의 이름을 부르는 데 서툴렀다. 중빈이는 '동민'도 되었다가 '공빈'도 되었고 그러다 기어이 타박을 듣고 말았다.

"얘는 왜 이렇게 이름이 못 생겼어요?"

은별이는 나이 차이 많은 오빠와만 줄곧 놀았다. 중빈이보다 한 뼘이나 키가 작아, 동민아! 공빈아! 중빈아! 사이사이로 오빠! 오빠! 하면서 중빈을 따라다녔다.

은별이의 무릎은 성한 데가 없었다. 팔꿈치도 온통 딱지투성이였다. 긴 머리를 팔랑대며, 레이스 달린 스커트를 나풀대며, 은별이는 하루에도 여러 차례 넘어지곤 했다. 반창고로는 가릴 수 없는 큰 상처들을 은별이 엄마가 붕대로 가려주었지만, 붕대는 곧 느슨해져 다시 묶어야 했다. 그 붕대를 묶다가, 잠시 굳은 피딱지가 눈에 띄어 또 떼다가, 묶고 떼고 묶고 떼고, 사이사이 넘어지고, 은별이의 가여운 다리는 심심한 은별이의 놀이 상대였다.

은별이는 까닭 없이 퍽퍽 중빈을 주먹으로 때렸다.

"오, 하나도 안 아픈데~!"

중빈이가 너스레를 떨면 또 약이 올라 퍼벅퍼벅 중빈이를 때렸다. 이렇게 자랑하면서.

"내 손은 불손이에요!"

사디스트 말괄량이와 능청스런 마조히스트 사이에서 때리고 맞는 것은 주요하고도 재미난 하루 일과가 되었다.

은별이의 엄마는 늘 바빴다. 민박집도 돌보고 할머니 식당도 거들어야 했기 때문이다. 덕분에 은별이는 밥을 먹을 때도, 자전거를 탈 때도, 우리와 함께였다. 은별이 덕분에 나는 3인 가족의 불완결성이 좋아졌다. 언제나 세상을 향해 조금 빈 채로 열려 있는 그 개

방성이. 은별이처럼 반짝이는 별을 만나면 기다렸다는 듯 알아보고 비로소 행복하게 완결되곤 하였으니.

막둥이인 은별이는 집안의 해바라기였다. 밭일하랴 설거지하랴 이리 뛰고 저리 뛰던 할아버지가, 50인분은 족히 될 나물을 무치던 할머니가, 스무 개는 될 법한 방을 치우던 엄마가, 손님을 실어 나르던 오토바이를 손보던 아빠가 짬짬이 거울 대신 들여다보던.

"할머니한테 대들지 마라!"

할머니가 말씀하시면 "할머니나 나한테 대들지 마라!" 지지 않고 까불댔고, 그러면 그뿐, 할머니는 허허 웃으며 하던 일을 계속 하셨다.

은별이는 그렇게 사랑을 많이 받았지만, 정작 필요한 손길은 제때 미치지 않았다. 사람의 품이 그리운 은별이는 언제 보았다고 내게 폭삭 안기곤 했다.

"하이고, 고맙습니다."

그때마다 나는 은별이를 꼬옥 끌어안았다. 다정한 바닷바람을 머금은 살냄새가, 은별이에게 퐁퐁 솟아올랐다.

중빈이가 바다를 바라보면, 이 녀석은 뭐든 좀 하염없는 편이라 은별이는 지루하고 답답해졌다. 해변의 자갈을 들어 뿌리거나, 몇

은별이

번이고 치마를 들었다 내리거나, 똥 마려운 강아지마냥 그 곁을 우왕좌왕했다. 그러나 하나뿐인 서울서 온 친구, 어쩌 이렇게 눈치가 없을까. 어여쁜 숙녀가 지루한 것도 아랑곳 않고 30분이고, 한 시간이고 바다만 바라보았다. 그렇게 중빈이가 섭섭하게 할 때면, 은별이는 할머니의 어휘를 그대로 가져다 썼다.

"에라~ 이 썩을 놈아!"

"이런, 싸가지 없는 놈!"

다행히 중빈이는 생전 처음 듣는 그 말뜻을 이해하지 못했고 남편과 나는 폭소를 터뜨렸다.

떠나는 날, 우리 이제 떠난다고 꼭 다시 오겠다고 말하며 은별이를 안았다. 은별이는 여느 때처럼 내게 찰싹 안기지 않았다. 대신 뛰어가더니, 팔찌 두 개를 가져와 중빈과 내게 주었다. 페리를 타고 뭍으로 가는 동안, 나는 팔찌 낀 손목을 바라보며 자꾸만 남편에게 말했다.

"아, 은별이 벌써 보고 싶다!"

중빈이 역시 자꾸만 내게 물었다.

"엄마, 지금쯤 은별이는 뭘 하고 있을까?"

우리는 갈 때 '자전거와 바지락 칼국수가 좋은' 선유도로 갔으나, 올 때는 '예쁘게 반짝이는 은별이가 있는' 선유도를 떠나온 것이다. 만나자마자 미니스커트 밑 팬티를 보여주며 깔깔대던 아이. "엄마, 재 어떡하면 좋아? 자꾸 팬티를 보여줘!" 중빈이의 얼굴을 새빨개지게 했던 아이. 자정이 가까운 시각, 까만 어둠 속에 서서 "엄마한테 가고 싶어요. 근데 식당까지 무서워서 못 가겠어요." 내 품에 답싹 안겨들던 아이. 그때 너는 조금 떨고 있었고 그 어깨는 새처럼 작았지.

헤어질 때, 나는 언젠가 읽었던 소설 한 구절이 생각나 마음이 아팠다. 주인공이었던 스무 살 여자아이는 어릴 적 부모가 숙박업을 했다. 늘 만나고 이별하는 일이 힘에 부쳐서, 그 애는 이별에 무감해지는 법을 일찍 터득해버린다. 그리고 정작 슬퍼해야 할 연인과의 이별이 닥쳐왔을 때 아무리 애써도 그 슬픔이 느껴지지 않아 몹시 괴로워한다.

나는 은별이에게 약속했다. 다시 또 오겠다고. 내가 다른 먼 나라를 여행할 때는 늘 그 말이 하고 싶어도 차마 지키지 못할까 속으로만 삼켰지만, 은별이에게는 진심으로부터 그 말을 했다. 어떤 만남은 일회성이 아닐 수도 있다는 것, 어떤 약속은 반드시 지켜진다는 것, 어떤 이별은 또 다른 만남의 뒷면일 뿐이라는 것. 은별이라는 예쁜 아이를 통해 나도 꼭 확인하고 싶었다.

서울로 돌아온 뒤, 은별이에게서 몇 번이나 전화가 왔다. 은별이가 더 무서워지고, 더 심심해지는 저녁에 주로 걸려왔다. 서너 차례의 통화 뒤에, 내가 다시 찾아가기도 전에, 갑자기 어느 날 은별이가 말했다.

"나 이제 군산 가요. 오빠랑 거기서 학교 다닐 거예요."

도시로 간 은별이는 전화를 걸어오지 않았다. 그래서 새 번호도 알 수 없었다. 스치듯 만나고 이별한 뒤에, 상상의 여백이 어두운 것들로 채워지는 사람이 있다. 밝은 것으로만 채워지는 사람도 있다. 은별이는 후자였다. 나는 전화가 오지 않는 시간을 이렇게 이해했다. 이제 깜깜해지는 저녁에 엄마 아빠가 곁에 있어주는구나. 친구도 생겼구나. 그래서 은별이는 기꺼이 우리를 잊었구나. 그 또한 썩 괜찮은 결말이었다.

여행의 좋은 점을 나열하라면, 나란 사람, 아마 천 개쯤 나열할 수 있을 것이다. 그중 열 손가락 안에 드는 하나는 이것일 게다.

'세상이 점점 더 좋아진다.'

오대양 육대주에서 수많은 사람을 만나 사랑하고 헤어지면서,

수많은 장소가 '지리적'으로 존재하는 것이 아니라, '심리적'으로 존재하게 되었다. 누군가는 세상의 땅을 돈으로 사지만, 나는 세상의 땅을 사랑으로 산다. 사랑하는 사람을 만났던 지명이 마음의 지도에 나의 땅으로 오롯이 새겨지는 것이다. 지명이 늘어날수록, 당연히, 세상은 더 사랑스러운 곳이 된다.

은별이로부터 연락이 사라진 뒤, 선유도도 지도 안으로 들어왔다. 손가락으로 '군산시 옥도면 선유도리'를 짚으면, 새처럼 작은 어깨를 한 은별이가 포르릉 힘차게 날아올라 높은 곳에서 반짝거린다.

○

만나기 전까지 우리는 그저 보았을 뿐

•

여행하는 것과 약속하는 것.

이 두 어울리지 않는 요소를
한데 엮을 수 있을까?

고민은 당장 답을 찾아내지 못했지만
조금씩 여행을 변화시켰다.

점차 여행 가방에
아이들을 위한 선물을 챙기기 시작했다.
여행 일정에 고아원을 넣기 시작했고,
점점 더 많은 시간을 고아원에서 보내게 되었다.

결국 지금은,
6년째 고아원을 목적지로 하고
내내 고아원에만 머물다 돌아오는 여행을 한다.

발리 우붓의 페르마타 하티 고아원에서
100여 명의 사랑스러운 아이들에게
돌아올 것을 약속하고 떠나고
돌아가 약속을 지킨다.

인종, 국경, 언어……
언제 어디서나 존재하는 경계들,
하지만 언제 어디서나 경계를 허물고 다가와
여행자의 사랑을 세계지도만큼
확장시켜주는 아이들,

그 아이들 덕분에
이 한 가지를 분명히 안다.

내 아이 네 아이는 없다.
'우리' 아이들만 있다.

이상한 일이다. 타미 때문에 이렇게 가슴이 뛰는데, 타미를 처음 만난 순간이 기억나지 않는다. 분명 페르마타 하티였을 것이다. 그 때에도 타미는, 언제나처럼 사랑스럽게 웃고 있었을 것이다. 그런데 왜 눈에 띄지 않았을까?

우리는 누군가를 한 번에 만날 수 없다. '만나다'는 행위는 '뛰다'나 '먹다' 같은 동사처럼 한 번 행하는 것으로 그 의미가 완성되는 동사가 아니다. 첫 만남에, 우리는 손쉬운 편견이나 기대를 갖고 등장한다. 두 번째 만남에, 첫 만남을 강화하거나 해체한다. 서너 번째 만남 이후에야, 무언가 새로운 것을 '만들어'낸다. 돌멩이처럼 작지만 단단한 것을. 이때부터 한 번의 만남으로 한 개씩 돌멩이가 쌓인다. 이것이 시간 속에서 하나의 건축물을 만들어낼 때, 우리는 비로소 그 건축물 안에 의자를 놓아둔다. 때때로 그 의자에 앉아, 건축물이 사계절의 훈풍과 혹한을, 햇살과 어둠을 투과해내는 방식을 함께 체감하면서 진정으로 그 누군가를 만나게 된다. 요컨대, 수없이 만나러 간 뒤에야 만날 수 있는 것이다. 만나기 전까지 우리는 "만났다"고 말하며 그저 '보았을' 뿐이다.

나는 아마도 타미를 '보았던' 것 같다. 아니, 제대로 보지조차 않았던 것 같다. 무려 3년간. 페르마타 하티에 들어가면 60여 명의 아이들을 한꺼번에 만나게 된다. 게다가 나는 얼굴을 기억하는 데 소질이 없는 편이다. 인종이 다르다면 더더욱. 내 기억 속에서 차곡차곡 데이터를 쌓은 아이는 확실하게 두각을 나타내는 아이였다. 혹은 확실하게 뒤처지는 아이였다. 타미는 말하자면, 중간이었다. 3년간 타미와 나는, 아마 타미는 기억하지만 나는 기억하지 못하는, 사사로운 대화와 스킨십을 수차례 나누며 스쳐 지났을 것이다.

4년째 되던 해, 타미의 데이터가 기억 속에 확실히 쌓이기 시작했다. 타미가 긴 머리를 단발머리로 싹둑 자른 것이 그 시작이었다. 페르마타 하티에 도착했더니, 웬 단발머리 소녀가 베이스기타를 연주하고 있었다. 발리 소녀들은 좀처럼 짧은 머리를 하지 않는다. 큰소리를 내거나 거친 동작도 하지 않는다. 그런데 키가 껑충 자란 타미가 짤막한 단발머리 아래 가녀린 목선을 드러낸 채, 톰보이처럼 거침없이 웃고 커다랗게 행동했다. 게다가 기타를 잡는 소녀라니! 쿨내가 진동했다. 변신한 타미의 모습이 내 마음속으로 훅 들어왔다.

그해, 아들은 발리를 여행하는 한국 여행자 중 봉사에 관심 있는 분들을 고아원으로 안내하는 프로그램을 운영하기 시작했다. 많은 한국인 가족이 재능과 물품을 기부하러 페르마타 하티를 방문했다. 그중에 일곱 살 서율이가 있었다. 타미를 유난히 따랐다. 타미는 서율이에게 우쿨렐레를 가르쳐주었다. 한국어 수업 때는 무르팍에 앉히고 함께 한글 공부를 했다. 서율이는 매일 고아원에 찾아왔고 들어서자마자 타미부터 찾았다. 한 자매라도 그쯤 되면 귀찮을 법한데, 타미는 다정하기 이를 데 없었다. 톰보이의 반전이었다. 그 모습이 또, 훅 들어왔다.

프로그램 중에는 그림책 만들기 수업도 있었다. '나는 누구일까?'라는 주제로 글을 쓰고 그림을 그려보는 시간이었다. 쿨내 진동하는 소녀답게, 거기서 타미는 자신을 토끼나 꽃이 아닌 늑대로 표현했다.

나는 늑대를 사랑해.
숲속 모험을 좋아하기 때문이지.
헤이, 내가 보여?
그래, 맞아. 나는 여기 있어.

그림 속 늑대는 산비탈을 올라 마침내 높은 정상에 섰다.

나는 강해.
그래서 산꼭대기에 우뚝 설 수 있어.

막 사춘기를 통과한 아들을 둔 엄마로서 나는 적잖이 감동받았다. 사춘기에 스스로를 강인하다고 인식하며 온전히 정상에 자리 시킬 수 있는 아이가 몇이나 될까? 한 번 더, 타미가 내게 훅 들어왔다.

페르마타 하티는 방과후 학교처럼 운영되는 데이케어 고아원이다. 제3세계에서는 한부모가정의 자녀들도 고아라고 부른다. 특히 발리는 우리네가 한때 그랬던 것처럼 여자가 자녀를 데리고 재혼하는 게 거의 불가능하다. 그래서 고아원에는 엄마만 있는 한부모가정 아이들이 대부분이다. 엄마 노릇이란 얼마나 어려운가. 특히 여성의 지위가 낮은 제3세계에서 엄마 혼자 밤낮으로 생업전선에서 뛰며 자식의 정서까지 돌보기란 얼마나 어려운가. 그래서 페르마타 하티 아이들의 얼굴은 종종 잔인하도록 적나라한 보고서였다. 자신이 어떤 엄마를 지녔는지에 대한. 나는 타미를 보며 짐작했다. 참 밝은 아이로구나. 참 따뜻한 아이로구나. 타미의 엄마는 굉장히 훌륭한 분인가 보구나.

며칠 후, 고아원 아이들이 몹시 분주했다. 무언가를 써서 색칠하는 듯했지만 내게 보여주지는 않았다. 케이크를 구운 냄새가 진동했지만 정작 케이크는 보이지 않았다. 아이들은 가장 큰 방에 모여 커튼까지 내리고 불을 껐지만 내가 왜 그러는 거냐고 물으면 비밀이라고만 했다. 외출했던 원장 아유가 돌아왔다. 아이들이 일제히 노래하기 시작했다. 커다란 박수와 꽃다발이 아유에게 쏟아졌다. 내게도. 아이들이 감춰두었던 플래카드와 케이크를 꺼냈다. 거기 이렇게 쓰여 있었다.

Happy Mother's Day!!!

'엄마의 날'이었다. 아이들이 내게 순서대로 다가와 포옹으로 감사를 전했다. 아유에게는 훨씬 더 긴 포옹으로 감사를 전했다. 몇몇 여자아이들은 포옹을 풀 생각을 못하고 흐느꼈다. 그중에서도 타미가 가장 길게 울었다. 아유의 어깨에 파묻힌 단발머리 아래 가려린 목덜미가 좀처럼 삼키기 힘든 흐느낌 속에 떨리고 또 떨렸다. 나중에 아유에게 타미가 왜 유독 오래 울었는지 물었다.

"타미는 얼마 전에 부모님을 연달아 잃었어. 두 분 다 아프기 시작하더니 불과 몇 개월 만에 가버리셨지. 지금은 타미 오빠가 생계를 책임지고 있어."

"난 짐작도 못했어. 타미가 언제나 웃는 아이라……"

홀로 아들을 키우는 싱글맘이자 매일 수십 명의 고아들을 마주하는 원장으로서, 아유는 타미의 결핍에 격렬히 공감하며 갑자기 서러운 눈물을 쏟았다.

"타미가 웃는 건…… 용감하기 때문이야. 매일매일…… 자신의 슬픔과 용감하게 싸우는 거야."

그때부터였을 것이다. 내가 타미를 '보는' 것에서 '만나는' 것으로 온전히 이동했던 시점이.

매일 부모가 주는 물을 받아먹으며 성장하는 아이와, 매일 스스로 물을 길어 성장을 일궈내야 하는 아이는 엄청난 차이가 있다. 타미의 미소 하나가 허투루 보이지 않았다. 수업 시간에 손을 번쩍 드는 적극성이, 서율이를 세심하게 챙기는 손길이, 소중하고 소중했다. 타미가 그 소중한 힘을 잃지 않고 매일의 분투를 계속할 수 있도록 도움을 주고 싶었지만, 타미에게는 어엿한 후원자가 있었다. 그 후원자 대신 내가 후원하면 안 될까? 그런 멍청한 질문을 아유에게 하고 말 것만 같은 마음을 가까스로 억누른 채 한국으로 돌아왔다. 애써 다른 아이들과 똑같은 이별 인사를 타미와 나누고서.

밝고
거침없고
섬세하고
자존감 높고
착하고 영리한
타미.

'보는' 것에서 '만나는' 것으로 이동하고 나니, 자꾸만 더 만나고 싶었다. 타미를 그리워할 때마다 그 마음은 고스란히 무언가를 해주고 싶은 마음이 되었다. 어느 날 나는 서재에서 미소 짓는 반달 펜던트가 달린 목걸이를 발견했다. 소녀 시절에 즐겨했던 목걸이였다. 자동적으로 타미를 떠올렸다. 타미의 후원자도 아닌 주제에, 그 고아원에 소녀가 몇인데, 한 아이에게만 목걸이를 줄 수는 없다고 생각하며 고개를 저었다. 하지만, 이듬해, 5년째 페르마타 하티로 향하는 가방을 꾸릴 때 단체선물 상자들 사이에 그 목걸이 상자도 챙겨 넣고 말았다.

고아원에 도착했지만 며칠간 타미가 보이지 않았다. 아유가 설명해주었다.

"타미의 엄마가 돌아가신 지 1주년이야. 발리에서는 1주기가 되면 고인을 무덤에서 꺼내 화장식을 해."

며칠 뒤 타미가 나타났다. 다가가 위로를 전했다.

"소식 들었다, 타미. 애썼어. 괜찮니?"

뭐가 괜찮다는 건지. 이런 위로에 나는 서툴기 짝이 없다. 서툰 질문 때문이었을까. 타미가 갑자기 한 발을 앞으로 성큼 디디더니 활짝 두 팔을 벌리며 과장된 음성으로 말했다.

"그럼요! 괜찮아요! 난 언제나 괜찮아요!"

애처로울 만큼 활기찬 동작이었다. 아유의 말처럼, 고스란히 '슬픔과 싸우는' 동작.

나는 내내 목걸이를 들고 고아원에 들락거렸다. 하지만 타미가 나타난 뒤에도 들고만 있었다. 내 안에서 말했다.

'타미에게 목걸이를 주어선 안 돼. 모든 아이들을 고르게 사랑해야지!'

또 다른 목소리도 있었다.

'네가 그 아일 좋아하고 있다는 걸 표현하는 게 범죄는 아니잖아. 타미에게 힘이 될 수도 있어.'

그러면 다시,

'부적절한 행동이야. 너는 특정한 아이를 위해 여기 와 있는 게 아니야. 어떤 아이들은 덜 사랑받는다고 느끼고 실망할 수도 있어.'

나는 사랑고백 할 때를 노리는 남자처럼 목걸이를 쥔 채 남 모르게 안절부절못했다. 일생을 살아오면서, 나는 한 번도 누군가를 좋아할 때 그 마음을 망설이거나 감춰본 적이 없었다. 그래서 〈응답하라 1988〉이하 '응팔' 같은 드라마를 볼 때면 거의 고문 받는 심정이 되곤 했다. 아니, 왜 류준열은 혜리에게 고백을 못해? 왜 박보검은 저렇게 질질 끌어? 그런데 내 나이 마흔일곱에 팔자에도 없이 응팔의 열일곱 살 주인공들처럼 전전긍긍하고 있었다.

어느 날, 타미가 아주 어여쁜 반지를 끼고 있는 것을 발견했다.

"정말 예쁜 반지로구나!"

"돌아가신 엄마 거예요. 엄마가 보고 싶을 때마다 여기다 뽀뽀를 해요."

타미는 그 자리에서 내게 반지에 쪽 소리 나게 뽀뽀를 해보였다. 언제나처럼, 환하게 웃으며. 그날 밤 나는 반달 펜던트를 주머니에서 꺼내며 엉뚱한 생각을 했다. 이 목걸이를 주면 타미는 내가 보고 싶을 때에도 목걸이에 입을 맞출까? 그러곤 머리를 흔들었다. 저런, 네가 아주 미쳤구나. 미쳤어.

아끼는 동생에게 심경을 털어놓았다. 광주에서 주말이면 집으로 고아원 아이들을 초대해 먹이고 재우며 가정체험을 하게 도와주는 '가족봉사'를 하는 동생이었다. 그녀가 답글을 주었다.

> 언니의 그 마음 200% 이해해요……
>
> 우리 가족에게도 그런 아이가 있었으니까.
>
> 신기하게도 그 아인 아들과 조금 닮기까지 했어요.

아들은 계속 그 아이를 입양하자고 조르고 또 졸랐지만
저는 용기가 없었고요.
그 아이는 누가 봐도 저희 아들을 좋아하는 게
너무나 다 드러나는 눈빛으로 저희 아들을 바라보았고
제게도 그 아이가 특별히 느껴졌고요.
그런데 정말 그중에 그 아이만 우리가 데려온다면
저흰 더 이상 봉사를 하기도 어려울뿐더러……
유아기 결핍의 아이들이 크면 어떻게 되는지를
너무나 적나라하게 잘 아는 속물이 된 저는……
가정체험은 해도 입양은 할 수 없는 사람이 되어버렸죠.

저는 여전히 그 아이를 특별대우 하지 않으려 애쓰고 있어요.
아들은 1년 만에 입양을 포기하고
그냥 가정체험을 통해 그 아이와 잘 지내고 있고……
그렇게……
여전히……

주말에 페르마타 하티 고아원 아이들과 소풍을 갔다. 특이한 공원이었다. 드넓은 암석지대를 일부 파내어 움푹 들어간 자리에 잔디광장을 만들었고, 그 사방엔 암석을 그대로 두어 벽처럼 에워싸게 했다. 아이들은 잔디 한가운데에 드러누웠다. 몇몇 아이들이 꽃을 꺾어와 서로의 귀에 꽂아주고 꽃대궁의 꿀을 빨아먹었다. 해가 기울고 있었다. 직육면체 암벽 사이를 통과하며 완벽하게 식은 바람이 잔디 위를 맴돌아 모두의 땀을 식혀주었다. 나는 혼자 암벽 사이의 통로를 걷기 시작했다. 모퉁이를 돌자, 타미가 보였다. 다른 두 명의 소녀와 함께였다.

또다시, 나는 80년대를 배경으로 한 응팔의 주인공이 되고 말았다. 소풍날, 아이들과 떨어진 한적한 곳에서 좋아하는 남자아이를 우연히 발견했을 때처럼 가슴이 뛰기 시작했던 것이다. 타미가 내 쪽으로 반갑게 다가왔다. 사진을 같이 찍고 싶다고 했다. 그런데 뽀뽀하는 것을 찍고 싶다고 했다. 이게 웬일! 나는 최대한 기쁨에 달뜬 표정을 감추며 뺨을 내밀었고 타미가 입을 맞췄다. 자연스럽게 나도 타미에게 뽀뽀를 돌려줄 수 있었다. 5년째 고아원을 드나들었지만 어떤 아이와도 뽀뽀를 한 적은 없었다. 마음이 외쳤다. 목걸이를 줘야 해! 줘도 돼! 타미도 너를 좋아하고 있잖아. 도대체 뭐가 문제야?

그날 밤, 뽀뽀를 대단한 관계의 진일보로 여기는 내게, 작년에 고아원에 와서 한국어를 가르쳤던 소영이가 메신저로 찬물을 끼얹었다.

"언니는 이제 타미와 뽀뽀했어요? 저는 작년에 이미 했는데."

작년에? 소영이는 작년에 딱 한 번 왔을 뿐인데? 나는 약간의 좌절과 질투를 느꼈다. 그것은 바로 자괴감으로 이어졌다. 너, 지금 뭐 하는 거니……? 이 바보짓 퍼레이드에 그만 종지부를 찍어야 한다. 내 식으로. 나는 가정체험 봉사를 하는 그 동생처럼 성숙한 인간은 못 되니, 어쩔 수 없다.

며칠 뒤, 다른 소녀들과 이야기를 나누는 타미를 고아원 구석으로 불렀다.

"내가 어렸을 때 하던 목걸이야. 마음에 들지 모르겠다. 네가 생활하면서 어려움이 있을 때마다, 한국에서 늘 너를 그리워하고 도울 준비가 되어 있는 사람이 있다는 걸 기억해줬으면 좋겠어."

타미는 상상을 초월할 만큼 좋아했다. 나는 모두에게 목걸이를 줄 수 없어 미안하니, 이 일은 우리끼리의 비밀로 하자고 부탁했다. 타미는 그럴 수 있다고 약속했다.

타미는 다음 날 곧장 목걸이를 하고 나타났다. 아이들이 없을 때 내게 속삭였다.

"너무 마음에 들어요. 예뻐요. 정말 고마워요. 당신도 이걸 좋아했으면 좋겠어요."

내 주머니에 무언가 쏘옥 들어왔다. 타미가 서둘러 내게서 멀어지면서 자신의 하늘색 팔찌를 흔들어보였다. 숙소로 돌아오자마자, 주머니에서 타미의 선물을 꺼냈다. 타미가 한 것과 똑같은 하늘색 팔찌였다. 딱 응팔의 열일곱 살 취향이었다. 그저 좋았다. 내가 앞으로 절대 팔에서 빼지 않을 거란 걸 알았다.

하지만, 나는 열일곱이 아니라 마흔일곱이다. 뭐든 잘 잊는다. 다음 날 고아원에 갔다. 샤워 후 팔찌를 도로 끼지 않은 채. 이런, 바보! 마침 타미가 거기 있었다. 타미는 여느 때처럼 나를 보고 생글생글 웃었다. 내가 충분히 눈치 챌 수 있을 만큼 반달 펜던트를 자꾸 만지작거렸다. 그러니 내 빈 손목도 확인했을 것이다. 타미는 내게 아무 말도 하지 않았다. 실망하는 표정조차 짓지 않았다. 80년대식으로 조용히 확인하고, 조용히 실망했을 것이다. 바보! 바보! 어제 받은 물건을 오늘 제대로 못 챙기다니. 나는 정신 바짝 차리고 팔찌를 챙기기 시작했다. 샤워할 때도 빼지 않았다.

우리는 응팔을 계속 찍었다. 수십 명의 아이들 사이에서, 가장 소극적인 방식으로 서로를 의식했다. 나와 함께 있을 때면, 미소 짓는 반달 펜던트는 언제나 타미의 셔츠 목둘레 밖으로 나와 있었다. 여자들이라면 안다. 그건 생각보다 손이 많이 가는 일이다. 나 또한 숙소로 돌아와 그날 찍은 사진을 보노라면 놀라지 않을 수 없었다. 압도적으로 타미의 사진이 많았다. 오늘은 정말 아무 표를 내지 않았다고, 고르게 아이들을 사랑했다고 생각한 날조차 그러했다.

떠나기 전날, 나는 한술 더 떠서, 기어이 타미에게 내 메일 주소를 건넸다. 고아원 아이들은 후원자들과 직접 연락처를 교환할 수 없게 되어 있다. 관리자를 통해 연락을 취해야 한다. 형편이 어려운 아이들이 후원자에게 곤란한 요구를 하는 것을 방지하기 위한 것이다. 하지만 나는 자존감 높은 타미가 누군가에게 쉽게 곤란한 요구를 할 아이가 아니란 걸 알고 있었다. 만약 타미가 곤란한 요구를 해온다면, 그건 정말로 팔 걷어붙이고 도와줄 때라는 것도 알고 있었다. 타미에게도 이 세상에 한 명쯤은, 도저히 자력으로 해결할 수 없는 곤란함을 툭 터놓을 사람이 있으면 좋겠다고 생각했다. 그리고 감히 그 사람이 나였으면 좋겠다고 생각했다. 하지만 잠시 80년대로 돌아가 응팔을 찍는 나와 달리, 타미는 정말로 80

년대에 사는 열일곱이었다.

"…… 저는 메일 주소가 없어요."

타미는 메일 주소가 있는 친구에게 물어서 메일 계정을 만들어 보겠다고 했다.

한국으로 떠나는 날, 아들과 마지막으로 페르마타 하티에 인사를 하러 갔을 때 타미가 없었다. 마침 전통춤 공연이 있는 날이라, 공연에 출연하는 소녀들 모두가 다른 곳에서 몸단장을 하는 중이었다. 아들의 오토바이를 타고 그곳으로 갔다. 진한 화장을 하고, 큰 머리 장식을 하고, 어깨가 드러난 금빛 튜브형 전통 드레스를 입은 소녀들이 거울을 들여다보며 최종 점검을 하고 있었다. 나는 모든 여자아이들에게 다가가 한 번씩 안아주었다. 잘 지내. 건강해. 공부도 열심히 해. 오늘 최고로 아름답구나…… 타미를 가장 먼저 안아주고 싶었고, 가장 오래 안아주고 싶었지만, 그럴 수 없었다. 순서대로 가까운 아이부터 안아준 뒤, 타미의 차례가 되었다. 드레스를 입은 타미의 맨 어깨, 그러니까 꽃향기가 날 것만 같은 열일곱 소녀의 부드러운 어깨에서는, 비릿한 삶의 내음이 났다. 내가 제3세계를 여행하면서 유독 사랑했던 소녀들은, 모두가 꽃 같았지만, 꼬옥 끌어안고 깊게 숨을 들이켜면, 똑같이 이 비릿한 내음이 났다. 후각이 통각으로 고스란히 전이되었다. '아픈' 냄새다. 정확히 가슴 한가운데가 욱신욱신 아파진다. 차마 떨어지지 않는 손길로 가녀린 어깨를 내려놓자, 타미는 내가 잘 볼 수 있게 가장 먼저 반달 펜던트를 찾아 드레스 밖으로 고이 꺼내놓았다.

돌아오는 길에는 아유의 오토바이를 탔다. 달리는 오토바이에서 아유가 모터 소리 때문에 외치듯이 말해주었다.

"타미의 집엔 방이 두 개가 있어! 하나는 부모님 방이었고, 하나는 오빠와 타미가 어릴 적부터 나눠 쓰던 방이야! 부모님들이 돌아가셨지만, 타미와 오빠는 여전히 한 방에서 지내! 부모님 방을 그대로 두었기 때문이야. 부모님 생각이 너무 많이 나서, 아직도 그 방에 들어갈 수가 없대!"

나는 가정체험 봉사를 하는 동생에게 다시 답글을 보냈다.

역시나……

네게도 그런 아이가 있을 거라고 짐작했었어.
사람이 사람을 만나 하는 일인데 특별한 끌림이 왜 없을까.

아프리카에서, 나도 이런 강력한 끌림을 경험한 적이 있어.

에티오피아 산골의 지지리도 가난한 마을이었어.

서너 살 된 아이가 그야말로 누더기를 걸치고 서 있었지.

그런데 그 아이는 우연히도, 피부 빛깔만 다를 뿐

중빈이의 어릴 적 모습과 꼭 닮았던 거야.

나는 너무 놀라서 그 아이에게서 눈을 뗄 수가 없었어.

하지만 외모가 아니더라도, 그 아이는 눈에 띄었을 거야.

훨씬 웃자란 아이들도 초원 속에서

마냥 뒹굴며 뛰어다녔는데,

그 어린아이 혼자서만 외따로 서서

뭔가 진중히 '생각하는' 얼굴로 주변을 관찰하고 있었거든.

그 아이는 내가 지닌 수첩과 펜을 보더니 손을 내밀었어.

종이를 두어 페이지 찢어 펜과 함께 건네자,

아이는 거기 뭔가를 열심히 그려서 내게 설명하기 시작했어.

나는 그걸 이렇게 이해했어.

'나는 이만큼 알아요. 그리고 더 많이 원해요.'

절대적으로 결핍인 곳이라서……

두고 오는데 정말 가슴이 미어지더라.

참 오만방자하지.

그 상황을 '두고 온다'고 해석하는 내 마음이 말이야.

그 아이는 고아가 아니었거든.

부모가 멀쩡히 있었거든.

10명의 다른 자녀 속에서,

아무도 알아보지 못하는 영특함이

무관심 속에 나날이 파묻히고 있었지.

그대로 고스란히 파묻힐 앞으로의 나날까지

내 오만방자한 눈에는 보이는 듯했지……

타미는 행복해.

아니, 내가 없다고 더 불행하진 않아.

그저 내가 주책인 거지.

그냥 우리 이렇게 생각하자.

하던 일을 계속하기.

분수를 아는 것도 참 중요한 '덕목'이다 생각하기.

동생이 다시 답글을 보내왔다.

정말 미어지지요.

그 심정, 말로 표현할 수 없이 미어지지요……

타미는 언니 없어도 행복하지만

언니의 그 주책 정말 정말 정말 이해해요.

저도 너무 그 아이가 이쁜데……

입양도 못할 거면서…… 싫어

그 아이 손잡는 것도 가끔은 두려울 때가 있거든요.

맞아요…… 언니……

저도 이제 결론은 계속하기예요.

그냥 이 자리에서 내 힘닿는 순간까지,

그 아이들이 날 밀쳐내지 않는 한,

변함없이 꾸준히 이 자리에서 그들을 맞이하는 것.

꾸준히 하자……

꾸준히 하자……

나중엔 혹시 늙었다고 아이들이 싫어할지 모르니

지금 젊을 때 더 열심히 꾸준히 하자, 그러고 있어요.

이번 토요일은 아들 생일이어서
모든 아이들이 점심때 놀러 와요.
생일 때마다 식당에서 같이 늘 밥을 먹었는데
애들은 밥보다 '아파트'에 놀러와 함께 있는 게 좋대요.
그래서 이번엔 집에서 밥을 먹기로요.
이 일도 그냥 멈추지만 말자 생각해요.

별일 아니더라도 꾸준히만 하면 별일이 되는 세상이니까요.
이 일이 어떤 영향을 미칠지 미치지 못할지
어떤 열매가 있을지 없을지 모르지만
그냥 내가 이 세상에 나온 소명만 다하자.
그렇게 생각해요.

한국으로 돌아온 지 한 달이 되었다. 타미는 아직 메일 계정을 만들지 못한 모양이다. 짐작컨대, 1980년대를 사는 타미가 2018년도로 이동하는 것보다는 내가 다시 80년대로 돌아가는 편이 훨씬 수월할 것이다. 누가 어느 쪽으로 이동하면 어떤가. 갈 것이다. 열심히 일할 것이다. 그래서 더 큰 선물을 들고 찾아갈 것이다.

페르마타 하티의 아이들

신비한 일이다.

결점투성이 우리,

반드시 한 번쯤 사랑받고

반드시 한 번쯤 사랑에 빠진다는 것.

내 눈앞의 한 사람

초판 발행 2018년 4월 25일

지은이 오소희
펴낸이 김정순
책임편집 한아름
디자인 김진영
마케팅 김보미 임정진 전선경

펴낸곳 (주)북하우스 퍼블리셔스
출판등록 1997년 9월 23일 제406-2003-055호
주소 04043 서울시 마포구 양화로 12길 16-9(서교동 북앤빌딩)
전자우편 editor@bookhouse.co.kr
홈페이지 www.bookhouse.co.kr
전화번호 02-3144-3123
팩스 02-3144-3121

ISBN 978-89-5605-958-7 03810

* 이 도서의 국립중앙도서관 출판도서목록(CIP)은 서지정보유통지원시스템 홈페이지(http://seoji.nl.go.kr)와 국가자료공동목록시스템(http://www.nl.go.kr/kolisnet)에서 이용하실 수 있습니다.(CIP제어번호: CIP2018010659)

세상을 바라보는 깊고 아름다운 시선

바람이 우리를 데려다주겠지

세 살배기 아들과 함께 떠난 첫 배낭여행
세상과 호흡을 맞춰 나가는 1.5인의 성장 여행기

"떠돎의 종착지가 어떤 것이 될지는 미리 생각하지 않기로 했다.
여행은 늘 나를 능가하는 현명함으로 나를 데려다주었으므로."

욕망이 멈추는 곳, 라오스

붉은 메콩강을 따라 천천한 속도로 흘러가는
마음의 평화와 소박한 행복에 대한 사유

"라오스에 다녀온 사람들은 말했지요. 그곳엔 아무것도 없어요.
저는 대답했습니다. 그렇담 정말 가볼 만하겠군요.
지금 가고 싶은 곳이 바로 그런 곳이에요."

하쿠나 마타타 우리 같이 춤출래?

문명 너머 원숙의 세계, 원시의 생명력이 넘실대는 곳
마음의 길을 찾기 위해 떠난 아프리카 여행

"아프리카는 매력이 넘치지만 다루기 힘든 애인처럼,
가장 아름다움과 가장 고달픔을 숨차게 번갈아 보여주었다."

안아라, 내일은 없는 것처럼(1권)
그러므로 떠남은 언제나 옳다(2권)

'지금 이 순간'을 사는 라티노들의 삶에 대한 열정
채움과 비움, 머무름과 떠남에 대한 깊숙한 성찰

"한 번의 떠남이 소중해지고, 한 명의 사람이 소중해지고,
한 번의 만남이 소중해진다. 떠남을 계속 하는 것이 소중해진다."

북 하 우 스 에 서   펴 낸   오 소 희 의   책

엄마, 내가 행복을 줄게

엄마와 아이가 서로 마주하며 나눈 아름다운 대화
그 보석 같은 순간들의 섬세하고 고스란한 기록

"그저 이 순간, 아이의 눈을 들여다보고,
아이의 말에 귀 기울이는 것으로 충분합니다.
아이들이 성장하는 동안, 우리도 더불어 행복한 성장을 합니다."

엄마 내공

대한민국 엄마들이 유난히도 사랑하는 '엄마 작가' 오소희가
이 시대 엄마들과 나눈 '엄마'라는 이름의 무게와 행복

"엄마는 아이와 자신의 삶 사이에 적정한 거리를 유지하며
행복의 균형을 잡아야 합니다. 행복한 삶은 너무 넘치지도
너무 모자라지도 않은 균형의 상태에 있습니다."

어린 왕자와 길을 걷다

삶의 방향을 잃은 어른들을 위한 스무 개의 마음 지도
따끈한 수프처럼 마음을 데워주는 동화 속 지혜의 문장들

"동화는 그림으로 된 '인생 지도'였다. 꿈, 희망, 행복, 베풂, 안식, 우정…
다시 읽는 동화는 곳곳에 흩어진 생의 잃어버린 좌표들을 향해서
단숨에 내 손을 잡아 이끌었다."

해나가 있던 자리 장편소설

생에서 가장 소중한 것을 잃은 한 사람, 그리고 새로운 관계들
상실은 어떻게 극복되고 치유되는가에 관한 가슴 시린 이야기

"상실과 박탈은 지속적인데 그것을 채워줄 아무런 일들이
끝내 일어나지 않는 현실이 이 책의 시작이었다.
이것은 해결에 대한 이야기가 아니다. 다만 응원과 위로의 이야기이다."